AF188277

Band 10
Voltaire
Candide oder der Optimismus

Voltaire
Candide oder der Optimismus
1759

Band 10
1.Auflage
TLK Taschenbuch-Literatur-Klassiker
Herausgegeben von Frank Weber, Marburg
Bibliografische Information der Deutschen Nationalbibliothek:
Die Deutsche Nationalbibliothek verzeichnet diese Publikation in der Deutschen
Nationalbibliografie; detaillierte bibliografische Daten sind im Internet abrufbar über
http://dnb.dnb.de
© 2018 Voltaire
Deutsch von E.Hardt
ISBN: 9783749431922
Herstellung und Verlag: BoD – Books on Demand, Norderstedt

Inhalt

Erstes Kapitel

Wie Candid auf einem schönen Schlosse erzogen und dann von dort verjagt ward.

In Westfalen lebte auf dem Schlosse des Barons von Tundertentronck ein Knabe, dem die Natur das sanfteste Gemüt mit auf die Welt gegeben hatte. Sein Gesicht kündete von seiner Seele. Er verband einen recht gesunden Verstand mit großer geistiger Einfalt, und darum, glaube ich, hatte man ihm den Namen Candid gegeben. Die alten Diener des Hauses munkelten, er sei das Kind einer Schwester des Herrn Barons und eines guten braven Edelmannes aus der Nachbarschaft, den dies Fräulein jedoch niemals hatte heiraten wollen, weil er nur einundsiebenzig Ahnen aufzuweisen vermochte und der Rest seines Stammbaumes durch die Ungunst der Zeit verloren gegangen war.

Der Herr Baron war einer der mächtigsten Edelleute Westfalens, denn sein Schloß hatte eine Tür und Fenster, ja, der große Saal war sogar mit Tapeten geziert. Aus seinen Hofhunden ließ sich nötigenfalls eine Meute zusammenstellen, seine Stallknechte waren seine Jäger und der Dorfpfarrer sein Großalmosenpfleger. Sie nannten ihn alle Gnädiger Herr und lachten, wenn er Geschichten erzählte.

Die Frau Baronin wog ungefähr dreihundert Pfund, erwarb dadurch ein großes Ansehen und stand dem Hause mit einer Würde vor, die sie noch achtunggebietender machte. Ihre Tochter Kunigunde zählte siebzehn Jahre. Sie war rotbäckig, frisch, fett und appetitlich. Der Sohn des Barons schien in allen Stücken seines Vaters würdig zu sein. Der Hofmeister Pangloß war das Orakel des gesamten Hauses, und der kleine Candid lauschte seinem Unterricht mit der ganzen Vertrauensseligkeit seines Alters und seines Gemütes.

Pangloß lehrte die Metaphysico-theologico-nigologie. Er bewies aufs bewunderungswürdigste, daß es keine Wirkung ohne Ursache gäbe, und daß in dieser besten aller möglichen Welten das Schloß des gnädigen Herrn Barons das allerschönste Schloß und die gnädige Frau die beste aller möglichen Baroninnen sei.

»Es ist erwiesen,« sagte er, »daß die Dinge nicht anders sein können, denn da alles zu einem Zwecke erschaffen worden ist, geschah es notwendigerweise zu einem besten Zwecke. Beachtet wohl, daß die

Nasen zum Tragen von Brillen erschaffen wurden, und so haben wir denn auch Brillen! Beine sind offenbar zum Tragen von Stiefeln eingerichtet, und wir haben Stiefel! Die Steine sind so gebildet, daß man sie behauen und Schlösser daraus erbauen kann, und so hat der gnädige Herr denn auch ein sehr schönes Schloß, und zwar muß der größte Baron der Provinz am besten behaust sein! Da die Schweine zum Essen erschaffen wurden, so essen wir eben auch das ganze Jahr über Schwein. Aus allem diesen geht hervor, daß jene, so behauptet haben, alles sei gut, eine Dummheit sagten: sie hätten sagen müssen, alles sei zum besten.

Candid lauschte aufmerksam und glaubte unschuldsvoll, denn er fand Fräulein Kunigunde über die Maßen schön, wenn er sich auch niemals die Kühnheit herausnahm, es ihr zu sagen. Er meinte, daß nach dem Glück, als Baron von Tundertentronck geboren zu sein, der zweite Grad der Glückseligkeit darin bestände, Fräulein Kunigunde zu sein, der dritte sie täglich zu sehen und der vierte Meister Pangloß zu hören, als welcher der größte Philosoph der Provinz und folglich der ganzen Erde war.

Als nun Kunigunde eines Tages in der Nähe des Schlosses in einem kleinen Gehölz, das man Park benannte, spazieren ging, sah sie durch die Büsche, wie der Doktor Pangloß der Kammerfrau ihrer Mutter, einem kleinen, sehr hübschen und äußerst gelehrigen Blondkopf, Unterricht in der Experimentalphysik erteilte. Da Fräulein Kunigunde eine große natürliche Begabung für die Wissenschaften besaß, beobachtete sie atemlos das oft wiederholte Experiment, dessen Zeuge sie geworden. Sie erkannte klar den zureichenden Beweggrund des Doktors, die Wirkungen und die Ursachen, und ging aufgeregt, nachdenklich und ganz von dem Wunsche erfüllt, gleichfalls gelehrt zu sein, von dannen und meinte, sie ihrerseits könnte recht wohl den zureichenden Beweggrund für den jungen Candid abgeben und er seinerseits wiederum für sie.

Auf dem Rückwege zum Schloß begegnete sie Candid und errötete, und Candid errötete ebenfalls. Mit halb erstickter Stimme wünschte sie ihm einen guten Morgen, und Candid sprach zu ihr, ohne zu wissen, was er sagte. Als man am nächsten Tage von Tische aufgestanden war, kamen Kunigunde und Candid von ungefähr hinter einen Wandschirm zu stehen. Kunigunde ließ ihr Taschentuch fallen, und Candid hob es auf; da faßte sie ihn unschuldsvoll bei der Hand, und der junge Mann küßte die Hand des jungen Fräuleins ebenso unschuldsvoll mit einer sehr besonderen Lebhaftigkeit, Empfindung und Anmut. Ihre Lippen fanden sich, ihre Augen sprühten, ihre Kniee zitterten, und ihre Hände verirrten sich. – Der Herr Baron von Tundertentronck kam ebenfalls von ungefähr an dem Wandschirme vorbei, und sobald er diese Ursache und Wirkung wahrgenommen, jagte er Candid mit wuchtigen Tritten in den Hintern aus dem Schloß. – Kunigunde fiel in Ohnmacht, und sobald sie wieder zu sich gekommen, wurde sie von der Frau Baronin geohrfeigt, und alles in dem schönsten und angenehmsten aller möglichen Schlösser war bestürzt.

Zweites Kapitel
Was aus Candid unter den Bulgaren wurde.

Aus dem irdischen Paradiese verjagt, taumelte Candid lange Zeit dahin, ohne zu wissen, wohin er ging, weinte, hob die Augen zum Himmel empor, wendete sie wieder zurück nach dem schönsten aller Schlösser, worin das schönste aller Freifräuleins lebte, und legte sich endlich ohne Nachtmahl inmitten der Felder zwischen zwei Ackerfurchen zum Schlafen nieder. Der Schnee fiel in großen Flocken. Bis auf die Haut durchnäßt, schleppte sich Candid am nächsten Morgen ohne Geld und halbtot vor Hunger und Müdigkeit nach der nächsten Stadt, welche Waldberghofftrarbkdikdorff hieß. Vor der Tür einer Herberge blieb er traurig stehen. Dort wurden zwei junge Männer seiner gewahr. »Kamerad,« sagte der eine von ihnen zum andern, »dort steht ein junger, wohlgewachsener Mann, der die erforderliche Gestalt hat.« Sie näherten sich Candid und luden ihn aufs höflichste zum Mittagessen ein. »Meine Herren,« sagte Candid mit berückender Bescheidenheit zu ihnen, »Sie erweisen mir eine große Ehre, aber ich habe kein Geld, meine Zeche zu bezahlen.« »Oh, mein Herr,« erwiderte einer der Blauen, »Leute Ihrer Gestalt und Ihres Talentes brauchen niemals etwas zu bezahlen! Messen Sie denn nicht vielleicht fünf Fuß fünf Zoll?« »Ja, meine Herren, das ist mein Wuchs,« erwiderte Candid mit einer Verbeugung. »Oh, so nehmen Sie bitte Platz, mein Herr, wir werden Sie nicht nur frei halten, sondern auch niemals leiden, daß es einem Manne gleich Ihnen an Geld gebricht. Die Menschen sind ja eigens dazu erschaffen, einander beizustehen.« »Recht gesprochen,« erwiderte Candid, »auch Herr Pangloß hat mir dies stets versichert, ich sehe nun wohl, daß alles zum besten eingerichtet ist.« Man bat ihn nun, einige Taler anzunehmen, er nahm sie und wollte einen Wechsel ausstellen, man wies dies jedoch zurück und setzte sich zu Tisch. »Lieben Sie nicht aufs innigste ...?«»Oh ja,« antwortete Candid, »aufs innigste liebe ich Fräulein Kunigunde.«»Nicht doch, Herr,« rief nun einer der beiden, »wir fragen Sie, ob Sie den König der Bulgaren nicht inniglich lieben?«»Keineswegs,« entgegnete Candid, »denn ich habe ihn niemals gesehen.«»Was Sie sagen! Er ist der reizendste aller Könige, wir wollen auf seine Gesundheit trinken!«»Von Herzen gern, meine Herren!« Und ertrank. »Das genügt,« sprach man nun zu ihm, »damit sind Sie der Halt, die Stütze, der Verteidiger, der Held der Bulgaren geworden. Ihr Glück ist gemacht, Ihr Ruhm gesichert.« Mit diesen Worten legten sie ihm Eisen um die Füße und führten ihn auf der Stelle zum Regiment. Dort mußte er rechtsum und linksum machen, den Ladestock handhaben, zielen, schießen, laufen, und zu alledem bekam er noch dreißig Stockschläge. Am nächsten Tage machte er seine Sache schon etwas besser und bekam nur zwanzig Hiebe, am übernächsten gab man ihm nur noch zehn, und darob ward er von seinen Kameraden wie ein Wunder angestaunt.

Candid war ganz bestürzt und vermochte noch nicht recht zu erkennen, in welchem Sinne er denn eigentlich ein Held sei. An einem schönen Frühlingstage ließ er es sich beifallen, einen Spaziergang zu machen. Er ging immer gerade vor sich hin in dem festen Glauben, es sei ebensosehr ein Vorrecht der menschlichen wie der Tiergattung, sich seiner Beine zu seinem Vergnügen zu bedienen. Aber er hatte noch nicht zwei Meilen zurückgelegt, da holten ihn auch schon vier andere sechs Fuß lange Helden ein, banden ihn und schleppten ihn in einen Kerker. Hier fragte man ihn auf dem Gerichtswege, ob er lieber von dem ganzen Regiment sechsunddreißigmal ausgepeitscht werden oder auf einmal zwölf Bleikugeln ins Hirn bekommen wolle. Er mochte nun immer hervorheben, daß des Menschen Wille frei sei und er keines von beidem wolle, es half ihm nichts, er mußte eine Wahl treffen, und so entschloß er sich denn kraft der Gottesgabe, die man Freiheit nennt, sechsunddreißigmal Spießruten zu laufen, und zwei dieser Spaziergänge hielt er auch aus. Das Regiment bestand aus zweitausend Mann, das bedeutete viertausend Rutenschläge für ihn, welche ihm vom Nacken bis zum Hintern hinab Muskeln und Nerven bloßlegten. Als man zum dritten Gange schreiten wollte, konnte Candid nicht mehr und bat, man möchte dann doch schon lieber die Güte haben, ihm den Schädel zu zertrümmern. Die Gunst ward ihm gewährt, man verband ihm die Augen und ließ ihn niederknien. In diesem Augenblick kam der König der Bulgaren vorbei und erkundigte sich nach dem Verbrechen des armen Sünders, und da dieser König einen großen durchdringenden Verstand besaß, erkannte er aus allem, was er über Candid hörte, daß er ein junger, in Dingen dieser Welt völlig unwissender Metaphysiker sei, und begnadigte ihn mit einer Milde, die in allen Zeitungen und allen Jahrhunderten gepriesen werden wird. Ein wackerer Wundarzt heilte Candid in drei Wochen durch jene von Dioskorides gelehrten Umschläge. Schon hatte er wieder etwas Haut und konnte gehen, als der König der Bulgaren dem Könige der Avaren eine Schlacht lieferte.

Drittes Kapitel

Wie Candid von den Bulgaren entfloh und was aus ihm ward.

Etwas Schöneres, Hurtigeres, Glänzenderes und Wohlgeordneteres als die beiden Heere konnte es gar nicht geben. Die Trompeten, Pfeifen, Hörner, Trommeln und Kanonen bildeten zusammen eine Harmonie, dergleichen es nicht einmal je in der Hölle gegeben. Die Kanonen mähten zuerst auf jeder Seite ungefähr sechstausend Mann nieder, dann nahm das Gewehrfeuer ungefähr neun- bis zehntausend Schurken fort, welche die Oberfläche dieser besten aller Welten verpestet hatten, und das Bajonett ward ebenfalls der zureichende Grund für den Tod einiger tausend Mann. Alles in allem mochte sich das Ganze etwa auf dreißigtausend Seelen belaufen. Candid, der wie ein Philosoph zitterte, versteckte sich während dieser heroischen Schlächterei so gut er konnte. Als dann endlich die beiden Könige ein jeder auf seinem Schlachtfelde ein Tedeum anstimmen ließen, faßte er den Entschluß, wo anders über Ursachen und Wirkungen nachzudenken.

Er eilte über große Haufen Toter und Sterbender dahin und erreichte zunächst ein benachbartes Dorf: es lag in Schutt und Asche. Es war ein Avarendorf gewesen, das die Bulgaren nach den Gesetzen des Völkerrechts niedergebrannt hatten. Hier sahen von Schlägen verkrümmte Greise ihre erwürgten Weiber, welche noch ihre Kinder an blutende Brüste preßten, den Geist aufgeben, dort stießen Mädchen mit aufgeschlitzten Leibern ihren letzten Seufzer aus, nachdem sie die natürlichen Bedürfnisse einiger Helden gestillt hatten; andere flehten halbverbrannt, man möge ihnen vollends den Tod geben ... und rings auf der Erde lagen verspritzte Gehirne neben abgeschossenen Armen und Beinen.

Candid floh, so schnell er konnte, in ein anderes Dorf; es gehörte den Bulgaren und war von den avarischen Helden auf gleiche Weise zugerichtet worden. Candid eilte, immer über Trümmer oder zuckende Gliedmaßen schreitend, unaufhörlich weiter und gelangte endlich aus dem Gebiet des Kriegstheaters, in seinem Quersack einen geringen Mundvorrat und in seinem Kopf ohne Unterlaß gar viele Gedanken an Fräulein Kunigunde! Als er nach Holland gelangt war, fing sein Mundvorrat an auf die Neige zu gehen; da er jedoch sagen gehört, in diesem Lande sei jedermann reich und christlich gesinnt, zweifelte er nicht daran, daß man ihn hier ebensogut behandeln würde, wie ihm im Schlosse des Herrn Barons geschehen, ehe er daraus wegen der schönen Augen des Fräuleins Kunigunde verjagt worden war.

Er ging mehrere würdige Bürger um ein Almosen an, und diese antworteten ihm allesamt, wenn er nicht aufhöre, dies Handwerk zu betreiben, würde man ihn in eine Besserungsanstalt sperren, um ihn leben zu lehren.

Er wandte sich nun an einen Mann, der soeben ganz allein eine volle Stunde lang in einer Versammlung über Wohltätigkeit gesprochen hatte. Dieser Redner durchbohrte ihn mit seinen Blicken und fragte ihn:»Was wollen Sie hier, verursacht die gute Sache Ihr Hiersein?«»Es gibt kein Ding ohne Ursache,« erwiderte Candid bescheiden,»alles ist notwendig verknüpft und zum besten gerichtet: ich mußte Fräulein Kunigundens wegen verjagt werden, mußte Spießruten laufen und muß mir nun auch mein Brot erbetteln, bis ich selber welches verdienen kann; alles dies könnte gar nicht anders sein!«»Mein Freund,« sagte der Redner, »glaubst du, daß der Papst der Antichrist ist?«»Ich habe das noch nicht sagen gehört,« antwortete Candid,»aber ob er's nun ist oder ob er's nicht ist, ich habe nichts zu essen!«»Du verdienst auch nichts,« erwiderte der andere,»fort, du Schurke, fort, du Elender, und komme mir niemals wieder in den Weg.« Die Frau des Redners hatte aus dem Fenster gesehen, und als sie nun eines Mannes ansichtig wurde, der bezweifelte, daß der Papst der Antichrist sei, goß sie ihm einen vollen ... auf den Kopf. Oh Himmel, zu welchem Überfließen kann bei einem Weibe der Religionseifer nicht führen!

Ein Mann, der nicht getauft worden war, ein braver Wiedertäufer namens Jakob, sah die grausame und schändliche Weise, mit der einer seiner Brüder, ein Wesen auf zwei Füßen ohne Federn, das eine Seele hatte, behandelt wurde. Er nahm ihn mit in sein Haus, reinigte ihn, gab ihm Brot und Bier, machte ihm zwei Gulden zum Geschenk und wollte ihn sogar in seiner Fabrik für persische Stoffe, die in Holland verfertigt wurden, arbeiten lehren. Candid warf sich ihm beinahe zu Füßen und rief:»Meister Pangloß hat wahr gesprochen, als er sagte, daß in dieser Welt alles zum besten eingerichtet sei, denn Ihre außerordentliche Großmut beeindruckt mich unendlich tiefer, als die Härte jenes schwarz bemäntelten Herren und seiner Frau Gemahlin getan.«

Am nächsten Morgen begegnete Candid auf einem Spaziergange einem über und über mit Pusteln bedeckten Bettler, dessen Augen erloschen, dessen Nasenspitze zerfressen, dessen Mund gespalten und dessen Zähne schwarz waren. Unaufhörlich von einem heftigen Hustenreiz geplagt, krächzte er mit heiserer Stimme und spie bei jedem neuen Hustenanfall einen neuen Zahn aus.

Viertes Kapitel

Wie Candid seinen alten Philosophielehrer, den Doktor Pangloß, wiederfand, und was daraus entsprang.

Candid fühlte sich mehr von Mitleiden denn von Abscheu bewegt und schenkte dem grauenhaften Bettler die beiden Gulden, die er von seinem wackeren Wiedertäufer Jakob bekommen hatte. Das Gespenst sah ihn starr an, vergoß Tränen und sprang ihm an den Hals. Entsetzt wich Candid zurück.»Ach,« sprach nun der eine Elende zu dem andern Elenden,»erkennst du deinen lieben Pangloß nicht wieder?«»Was höre ich, Sie, mein geliebter Meister, Sie in diesem grauenhaften Zustande; welches Unglück ist Ihnen denn zugestoßen, warum sind Sie nicht mehr in dem schönsten aller Schlösser, und was ist aus der Perle der Mädchen, aus dem Meisterwerk der Natur, was ist aus Fräulein Kunigunde geworden?«»Ich bin am Ende,« stöhnte Pangloß. Sofort führte Candid ihn in den Stall des Wiedertäufers und gab ihm ein wenig Brot zu essen, und als er sah, daß sich Pangloß ein wenig erholt hatte, rief er aus:»Nun, und Kunigunde?«»Sie ist tot,« erwiderte der andere. Bei diesen Worten fiel Candid in Ohnmacht. Sein Freund brachte ihn mit etwas schlechtem Essig, der sich zufällig im Stalle fand, wieder zur Besinnung. Candid schlug die Augen auf:»Kunigunde ist tot, oh beste der Welten, wo bist du? An welcher Krankheit ist sie nur gestorben? Geschah's etwa, weil sie hatte mit ansehen müssen, wie ich aus dem schönen Schlosse ihres Herrn Vaters mit wuchtigen Fußtritten vertrieben wurde?«»Nein,« erwiderte Pangloß,»sie ist von bulgarischen Soldaten aufgeschlitzt worden, nachdem man sie so gründlich vergewaltigt hatte, wie dieses nur irgend möglich ist. Dem Herrn Baron, der sie verteidigen wollte, haben sie den Schädel eingeschlagen, die Frau Baronin ist in Stücke zerhackt worden, mein armer Zögling ward genau wie seine Schwester behandelt, und von dem Schlosse selber ist kein Stein mehr auf dem anderen, keine Scheune, keine Hammel, keine Enten und keine Bäume sind übrig geblieben, aber wir sind gut gerächt worden, denn die Avaren haben auf einer benachbarten, einem bulgarischen Edelmanne gehörigen Freiherrschaft ebenso gehaust.«

Nach dieser Rede fiel Candid abermals in Ohnmacht. Als er dann jedoch wieder zu sich gekommen und alles gesagt hatte, was er sagen mußte, forschte er nach der Wirkung und der Ursache und nach dem zureichenden Grunde, der Pangloß in einen so jämmerlichen Zustand versetzt.»Ach,« erwiderte dieser,»die Liebe hat's getan, die Liebe, die Trösterin der Menschheit, die Erhalterin des Weltenalls, die Seele aller fühlenden Wesen, die zarte Liebe.«»Oh,« rief Candid,»auch ich habe die Liebe gekannt, diese Beherrscherin der Herzen, diese Seele unserer Seele! Mir hat sie niemals mehr eingetragen als einen Kuß und unzählige Fußtritte in den Hintern. Wie hat nur diese so gar schöne Ursache in Ihnen eine so entsetzliche Wirkung hervorbringen können?«

Pangloß antwortete mit den folgenden Worten:»Oh mein teurer Candid, du hast Paquette gekannt, jenes hübsche Kammermädchen unserer erlauchten Baronin? Ich habe in ihren Armen alle Wonnen des Paradieses genossen und die haben die Höllenqualen hervorgebracht, von denen du mich verzehrt siehst: sie war damit angesteckt und ist inzwischen vielleicht daran gestorben. Paquette hatte dieses Geschenk von einem außergewöhnlich gelehrten Franziskaner erhalten, der bis zur Quelle hinaufgestiegen war, denn er seinerseits hatte es von einer alten Gräfin bekommen, die es von einem Rittmeister empfangen, der es einer Marquise verdankte, die es von einem Pagen besaß, dem's ein Jesuit verschafft, welcher es während seiner Novizenschaft in gerader Linie von einem Gefährten des Christoph Columbus bekommen hatte. Was mich angeht, so werde ich es an niemanden weitergeben, denn ich sterbe.«

»Oh Pangloß,« rief Candid, »welch ein absonderliches Geschlechtsregister! Sollte es seinen Ursprung nicht im Teufel haben?«

»Keineswegs,« erwiderte der große Mann, »das Ganze ist ein in der besten aller Welten völlig unentbehrliches Ding, ein notwendiger Bestandteil, denn hätte Christoph Columbus auf einer Insel Amerikas diese Krankheit nicht bekommen, als welche die Quelle der Fortpflanzung vergiftet, ja zuweilen sogar verstopft und ganz offenbar der Gegenpart des großen Zweckes der Natur ist, so hätten wir weder Schokolade noch Kochenille. Man muß ferner beachten, daß diese Krankheit bis auf den heutigen Tag ebenso wie die Religionsstreitigkeiten eine Besonderheit unseres Erdteiles ist. Die Türken, Inder, Perser, Chinesen, Siamesen und Japaner kennen sie noch nicht, aber es ist ein zureichender Grund dafür vorhanden, daß auch sie ihrerseits sie im Verlauf einiger Jahrhunderte kennen lernen werden. Inzwischen hat sie unter uns gar herrliche Fortschritte gemacht, vor allem in jenen großen, aus ehrenwerten wohlerzogenen Söldnern bestehenden Heeren, die über die Schicksale der Staaten entscheiden. Man darf versichern, daß, wenn dreißigtausend Mann gegen ein gleich großes Heer eine Schlacht liefern, auf jeder Seite ungefähr zwanzigtausend mit dieser Seuche behaftet sind.«

»Das ist wunderbar!« rief Candid, »aber Sie müssen kuriert werden.«

»Wie sollte das wohl geschehen,« sagte Pangloß, »ich habe keinen gebogenen Heller, mein Freund, und auf der ganzen Breite dieses Erdenrundes kann man weder einen Aderlaß noch ein Klistier bekommen, ohne dafür zu bezahlen oder von jemand anderem dafür bezahlen zu lassen!«

Dies letzte Wort brachte Candid zu einem Entschluß; er warf sich seinem barmherzigen Wiedertäufer Jakob zu Füßen und machte ihm eine so rührende Schilderung von dem Zustande seines Freundes, daß der wackere Mann nicht länger zögerte, den Doktor Pangloß aufzunehmen und auf seine Kosten heilen zu lassen. Pangloß verlor in der Kur nur ein Auge und ein Ohr. Er schrieb gut und beherrschte die Arithmetik, der Wiedertäufer Jakob machte ihn also zu seinem Buchhalter, und als er sich nach Verlauf von zwei Monaten gezwungen sah, in Handelsgeschäften nach Lissabon zu reisen, nahm er seine beiden

Philosophen mit sich auf sein Schiff. Pangloß setzte ihm auseinander, daß alles so gut sei, wie es gar nicht besser sein könnte. Jakob war nicht seiner Meinung.»Die Menschen«, sagte er,»müssen die ursprüngliche Natur wohl ein wenig verdorben haben, denn sie sind nicht als Wölfe geboren, sondern sind erst zu Wölfen geworden. Gott hat ihnen weder vierundzwanzigkalibrige Kanonen noch Bajonette gegeben, sondern sie haben sich Bajonette und Kanonen erst zu gegenseitiger Vernichtung selber erfunden. Ich könnte auch die Bankerotte und die Gerechtigkeit in Betracht ziehen, als welche sich der Güter der Pleitemacher bemächtigt, um die Gläubiger darum zu betrügen.«»Alles dies ist unerläßlich,« sagte der einäugige Doktor,»privates Unglück bildet das allgemeine Glück, so daß alles um so besser steht, je mehr privates Unglück es gibt.« Während er dergestalt vernünftelte, verdunkelte sich die Luft, die Winde bliesen aus allen vier Ecken der Welt und das Schiff ward angesichts des Hafens von Lissabon von dem schrecklichsten Unwetter überfallen.

Fünftes Kapitel

Sturm, Schiffbruch, Erdbeben und was dem Doktor Pangloß, Candid und dem Wiedertäufer Jakob begegnete.

Die eine Hälfte der geschwächten Reisenden, welche in jenen unbegreiflichen Ängsten, die das Rollen eines Schiffes in die Nerven und in alle wider die Bahn geschüttelten Kräfte des Körpers bringt, beinahe gestorben wäre, brachte nicht einmal die Kraft auf, sich über die Gefahr zu beunruhigen; die andere Hälfte schrie und betete. Die Segel waren zerrissen, die Mäste geknickt und das Schiff geborsten.
Wer nur irgend konnte, legte Hand an, keiner jedoch verstand den anderen und niemand befehligte. Der Wiedertäufer leistete einige Hilfe beim Schiffsdienst. Er stand auf dem Oberverdeck. Ein wütender Matrose führte einen heftigen Schlag nach ihm und streckte ihn auf die Planken nieder; von der Wucht des Schlages jedoch bekam er selber einen so heftigen Stoß, daß er mit dem Kopf voran über Bord stürzte, dort aber blieb er an einem Zacken des gebrochenen Mastes hängen. Der gute Jakob eilte ihm zu Hilfe, stützte ihn beim Heraufklettern und beugte sich dabei so weit nach vorn über, daß er vor den Augen des Matrosen

ins Meer hinabstürzte, und dieser ließ ihn untergehen, ohne sich auch nur nach ihm umzusehen. Candid eilte hinzu und sah, wie sein Wohltäter noch einmal auftauchte und dann für immer unterging. Er wollte sich ihm nachwerfen, aber der Philosoph Pangloß hinderte ihn daran, indem er ihm bewies, daß die Reede von Lissabon eigens dazu erschaffen worden sei, daß dieser Wiedertäufer dort ertränke. Während er dieses a priori nachwies, barst das Schiff vollends, und alles ging unter mit Ausnahme von Pangloß, Candid und jenem rohen Matrosen, der den tugendhaften Wiedertäufer ertränkt hatte. Glücklich gelangte der Schurke schwimmend ans Ufer, wohin Pangloß und Candid auf einer Planke getrieben wurden.

Sobald sie wieder einigermaßen zu sich selber gekommen waren, schlugen sie den Weg nach Lissabon ein. Sie hatten noch etwas Geld, mit dem sie sich vor dem Hungertode zu retten hofften, nachdem sie dem Sturme glücklich entgangen.

Kaum aber hatten sie unter Tränen über den Tod ihres Wohltäters den Fuß in die Stadt gesetzt, so fühlten sie, wie die Erde unter ihren Tritten bebte. Kochend und brausend erhob sich das Meer im Hafen und zerschellte die Schiffe, die dort vor Anker lagen. Große Flammen und Aschenwirbel bedeckten die Straßen und öffentlichen Plätze, die Häuser stürzten ein, die Dächer fielen auf die Fundamente und die Fundamente barsten auseinander. Dreißigtausend Einwohner jeglichen Alters und Geschlechts lagen zerschmettert unter den Trümmern. Pfeifend und fluchend rief der Matrose:»Holla, hier gibt's was zu verdienen!« »Welches kann der zureichende Grund für dieses Naturereignis sein?« fragte Pangloß.»Das Ende der Welt ist gekommen!«schrie Candid. Der Matrose lief unverzüglich zwischen den Trümmern umher, durchsuchte die Toten nach Geld, fand welches, nahm es an sich, betrank sich, und nachdem er seinen Wein im Leibe hatte, erkaufte er sich die Gunst des ersten besten Freudenmädchens, dem er auf den Trümmern der Häuser inmitten der Toten und Sterbenden begegnete. Pangloß zupfte ihn dabei am Ärmel.»Mein Freund,« sprach er zu ihm,»Ihr tut nicht gut, Ihr vergeht Euch an der allgemeinen Vernunft und wählet Eure Stunde schlecht!«»Dreck und Blut, ich bin ein Matrose und in Batavia geboren! Ich bin auf vier Reisen nach Japan viermal unter dem Kreuz durchgefahren, du bist mit deiner allgemeinen Vernunft wahrlich an den Rechten geraten!«

Candid war von einigen abstürzenden Steinen verwundet worden und lag unter dem Schutt mitten auf der Straße. »Ach,« rief er Pangloß an, »verschaffe mir ein wenig Wein und O, ich sterbe!«»Diese Erdbeben sind nichts neues,« erwiderte Pangloß, »in Amerika erlitt die Stadt Lima im vorigen Jahre dasselbe. Gleiche Ursachen, gleiche Wirkungen. Wahrscheinlich reicht eine unterirdische Schwefelschicht von Lima bis Lissabon.«»Das ist äußerst wahrscheinlich,« sagte Candid, »aber, um Gott, ein wenig Öl und Wein!«»Wie kannst du sagen: wahrscheinlich,« erwiderte der Philosoph, »ich behaupte, daß die Sache erwiesen ist.« Candid verlor das Bewußtsein, und Pangloß brachte ihm etwas Wasser aus einem nahen Brunnen.

Nachdem sie am nächsten Morgen einigen Mundvorrat zwischen den Trümmerhaufen ausfindig gemacht hatten, erfrischten sie ihre Kraft und halfen dann wie alle anderen das Schicksal der Einwohner erleichtern, die dem Tode entgangen waren. Einige Bürger, denen sie beigestanden, gaben ihnen ein so gutes Mittagsessen, wie es eine derartige Unglückszeit zuließ. Das Mahl verlief allerdings traurig, die Geladenen benetzten das Brot mit ihren Tränen, Pangloß aber trocknete sie, indem er versicherte, die Dinge könnten nicht gut anders sein, »denn«, sagte er, »alles dies ist aufs beste eingerichtet, und wenn es in Lissabon einen Vulkan gibt, so konnte er eben nicht wo anders sein, denn es ist unmöglich, daß Dinge nicht dort sind, wo sie eben sind, denn alles ist gut.«

Ein kleiner schwarzer der Inquisition nahestehender Mann, der neben ihm saß, nahm nun höflich das Wort und sagte: »Offenbar glaubt der Herr nicht an die Erbsünde, denn wenn alles gut ist, hat es also niemals Sündenfall und Strafe gegeben?«

»Ich bitte Eure Vortrefflichkeit bescheidentlichst um Vergebung,« erwiderte noch höflicher Pangloß, »aber der Sündenfall und die Verfluchung des Menschen gehören notwendig zu der besten der möglichen Welten.«»Der Herr glauben also nicht an die Freiheit?« fragte der Freund der Inquisition.»Eure Vortrefflichkeit wird mich entschuldigen,« entgegnete Pangloß, »die Freiheit kann mit der unbedingten Notwendigkeit zusammen bestehen, denn es war notwendig, daß wir frei seien, damit schließlich der bedingte Wille ...«

Als Pangloß an diese Stelle seines Satzes gelangt war, machte der Freund der Inquisition seinem Bedienten ein Zeichen mit dem Kopfe, worauf ihm dieser Wein aus Porto oder Oporto einschenkte.

Sechstes Kapitel

Wie man zur Verhinderung der Erdbeben ein schönes Autodafé veranstaltete und wie Candid ausgepeitscht wurde.

Die Weisen von Lissabon wußten nach dem Erdbeben, welches dreiviertel von Lissabon zerstört hatte, kein wirksameres Mittel zur Verhinderung der völligen Zerstörung zu erdenken, als die Veranstaltung eines schönen Autodafé! Die Universität von Coimbra hatte entschieden, daß das Schauspiel einiger feierlich auf langsamem Feuer verbrannter Menschen ein unfehlbares Mittel sei, die Erde am Beben zu verhindern.

So hatte man denn einen Biskayer, der überführt worden war, seine Gevatterin geheiratet zu haben, und zwei Portugiesen aufgegriffen, die beim Verzehren eines Huhnes den Speck achtlos fortgeworfen, und nach Tisch fesselte man auch den Doktor Pangloß und seinen Schüler Candid, den einen, weil er gesprochen, den anderen, weil er mit beistimmender Miene zugehört hatte. Alle beide wurden getrennt in zwei außerordentlich kühle Gemächer geführt, in denen man niemals von der Sonne belästigt wird. Acht Tage später wurden beide mit einem Sanbenito bekleidet und ihre Häupter mit Papiermitren geschmückt. Die Mitra und der Sanbenito Candids waren mit umgekehrten Flammen und mit Teufeln ohne Schwanz und Krallen bemalt; die Teufel des Pangloß dagegen hatten Krallen und Schwänze, und die Flammen standen aufrecht. So gekleidet schritten sie in einer Prozession dahin und bekamen eine sehr pathetische Predigt und darauf eine sehr schöne, aber eintönige Musik zu hören. Candid wurde während des Gesanges im Takt mit Ruten gepeitscht. Der Biskayer und die beiden Männer, welche keinen Speck hatten essen wollen, wurden verbrannt, und Pangloß wurde gehängt, obgleich dieses sonst nicht gebräuchlich war. Selbigen Tags bebte die Erde noch einmal unter fürchterlichem Krachen.

Entsetzt, bestürzt, verwirrt und über und über blutend und nach Luft ringend sprach Candid zu sich selber:»Wenn dies hier die beste aller möglichen Welten ist, wie muß es dann erst auf den anderen sein! Wenn ich wenigstens nur geprügelt worden wäre, das kannte ich ja schon von den Bulgaren her, aber mußte ich dich, du mein geliebter Pangloß, den größten aller Philosophen, mußte ich dich hängen sehen, ohne zu wissen warum, und mußtest du, mein teurer Wiedertäufer, du bester aller

Menschen, im Hafen ersäuft werden, und Sie, oh Fräulein Kunigunde, Sie Perle der Mädchen, mußte man Ihnen den Bauch aufschlitzen?« Ermahnt, gepeitscht, losgesprochen und gesegnet, schleppte er sich mühsam dahin, als ihn ein altes Weib ansprach und ihm zuflüsterte: »Fasse Mut, mein Sohn, und folge mir.«

Siebentes Kapitel
Wie ein altes Weib Candid in seine Obhut nahm und wie er das wiederfand, was er liebte.

Candid faßte keineswegs Mut, aber er folgte der Alten in ein altes, halb verfallenes Haus. Sie reichte ihm einen Topf Salbe, auf daß er sich einreibe, gab ihm zu essen und zu trinken und führte ihn dann vor ein schmales, ziemlich sauberes Bett. Neben dem Bett lag ein vollständiger Anzug. »Essen Sie, trinken und schlafen Sie. Unsere liebe Frau von Atocha, der heilige Antonius von Padua und der heilige Jakob von Compostella mögen Sie in ihre Hut nehmen, morgen komme ich wieder.« Noch völlig benommen von allem, was er gesehen und erduldet hatte, vor allem verwundert über die Barmherzigkeit der Alten, wollte Candid ihr die Hand küssen. »Nicht meine Hand sollen Sie küssen,« sagte die Alte, »morgen komme ich wieder. Reiben Sie sich mit Salbe ein, essen Sie und schlafen Sie.«

Trotz aller Leiden aß Candid und schlief. Am nächsten Morgen brachte ihm die Alte ein Frühstück, besah seinen Rücken und rieb ihn selber mit einer anderen Salbe ein. Später brachte sie ihm dann das Mittagessen, und gegen Abend kam sie mit einem Nachtmahl wieder. Am nächsten Tage tat sie dasselbe. »Wer seid Ihr?« fragte unaufhörlich Candid, »wer hat all diese Güte in Euch erweckt, wie soll ich es Euch je danken?« Die alte Frau antwortete nichts, und als sie am Abend wiederkam, brachte sie kein Nachtmahl mit. »Kommen Sie mit mir,« sagte sie, »und sprechen Sie kein Wort.« Sie nahm ihn unter den Arm und ging mit ihm ungefähr eine Viertelstunde über Land. Dann gelangten sie vor ein einzelnes, von Gärten und Wassergräben umgebenes Haus. Die Alte klopfte an eine kleine Tür, es ward geöffnet, und sie führte Candid über eine geheime Treppe in ein vergoldetes Gemach, setzte ihn dort auf ein mit Brokat überzogenes Sofa, verschloß die Tür und ging fort. Candid glaubte zu träumen, sein ganzes verflossenes Leben erschien ihm wie ein düsterer Traum, der gegenwärtige Augenblick hingegen wie ein lieblicher.

Bald erschien die Alte wieder und unterstützte mühsam ein zitterndes Weib von majestätischem Wuchs, das von Edelsteinen glitzerte und mit einem Schleier bedeckt war. »Heben Sie diesen Schleier auf,« sagte die Alte zu Candid. Der junge Mann trat herzu und zog mit zager Hand den Schleier fort. Welch ein Augenblick, welche Überraschung! Er glaubte Fräulein Kunigunde zu sehen, und er sah sie wirklich, denn sie war es. Seine Kraft versagte, er konnte kein Wort hervorbringen, sondern fiel nur stumm zu ihren Füßen nieder. Kunigunde fiel auf das Sofa. Die Alte besprengte beide mit Weingeist, sie kamen wieder zur Besinnung und sprachen miteinander. Aber es waren zuerst nur gestammelte Worte, sich drängende Fragen und Antworten, Seufzer, Tränen und Ausrufe. Die Alte empfahl ihnen, weniger Lärm zu machen, und ließ sie allein. »Wie, Sie sind es?« rief Candid, »Sie leben? In Portugal finde ich Sie wieder! Man hat Sie also nicht vergewaltigt, Ihnen nicht den Bauch aufgeschlitzt, wie es mir der Philosoph Pangloß versicherte?«»Es geschah dem so,« sagte die schöne Kunigunde, »man braucht jedoch an diesen beiden Vorfällen nicht immer zu sterben.«»Aber sind Ihr Vater und Ihre Mutter getötet worden?«»Nur allzu sehr,« erwiderte weinend Kunigunde. »Und Ihr Bruder?«»Auch er ist ermordet!«»Und warum sind Sie in Portugal, und wie haben Sie erfahren, daß ich hier sei, und welch seltsamer Umstand erlaubte Ihnen, mich in dieses Haus führen zu lassen?«»Ich werde Ihnen das alles sagen,« erwiderte die Dame, »vorher jedoch müssen Sie mir alles erzählen, was Ihnen widerfahren ist seit dem unschuldigen Kusse, den Sie mir gaben, und den Fußtritten, die Sie empfingen.«

Mit tiefer Ehrerbietung gehorchte Candid, und obgleich ihm noch völlig beklommen zumute war, obgleich seine Stimme noch schwach klang und zitterte und sein Rückgrat ihn noch ein wenig schmerzte, so erzählte er ihr doch auf die schlichteste Weise alles, was ihm seit dem Augenblick ihrer Trennung begegnet. Kunigunde erhob die Augen zum Himmel und vergoß Tränen über Pangloß' und des Widertäufers Tod, und dann sprach sie folgendermaßen zu Candid, und Candid verlor keines ihrer Worte und verschlang sie mit seinen Augen.

Achtes Kapitel

Die Geschichte Kunigundens.

»Ich lag in meinem Bette in tiefem Schlaf, als es dem Himmel gefiel, die Bulgaren in unser schönes Schloß Tundertentronck zu schicken; sie erwürgten meinen Vater und meinen Bruder und hackten meine Mutter in Stücke. Ein großer, sechs Fuß langer Bulgare bemerkte, daß mir bei diesem Anblick die Sinne vergangen waren, und machte sich daran, mir Gewalt anzutun: das brachte mich zu mir. Ich ward meiner Sinne wieder mächtig, biß, kratzte und wollte dem großen Bulgaren die Augen ausreißen, da ich ja nicht wußte, daß das, was mir im Schlosse meines Vaters widerfuhr, etwas völlig Gebräuchliches sei. Der Unhold versetzte mir nun einen Messerstich in die linke Seite, dessen Narbe noch sichtbar ist.« »Ach,« rief der kindliche Candid, »ich hoffe sehr, sie zu sehen.« »Sie werden sie sehen,« erwiderte Kunigunde, »zunächst lassen Sie mich jedoch fortfahren.« »Fahren Sie fort,« rief Candid.

Und so nahm sie denn den Faden ihrer Erzählung wieder auf: »Ein bulgarischer Hauptmann trat ein, er sah mich bluten, aber der Soldat ließ sich nicht stören. Der Hauptmann ward über die geringe Achtung, die ihm der Wüstling bezeugte, zornig und tötete ihn auf meinem Leibe, darauf ließ er mich nähen und führte mich als Kriegsgefangene in sein Quartier. Ich wusch die wenige Wäsche, die er besaß, und besorgte seine Küche; er fand mich, wie ich gestehen muß, sehr hübsch, und ich meinerseits will nicht leugnen, daß er schön gewachsen war und eine weiche weiße Haut hatte. Anderseits aber besaß er nicht viel Verstand und gar keinen philosophischen Sinn: man merkte gar wohl, daß er nicht durch den Doktor Pangloß erzogen worden war. Nachdem er im Verlaufe von drei Monaten all sein Geld verloren hatte und meiner überdrüssig geworden war, verkaufte er mich an einen Juden, Don Issakar mit Namen, der in Holland, Portugal und Afrika umherreiste und eine leidenschaftliche Liebe zu Frauen hegte. Dieser Jude faßte eine große Neigung für meine Person, aber es gelang ihm nicht, über sie obzusiegen, ich habe ihm besser widerstanden als dem bulgarischen Soldaten: ein ehrenhaftes Frauenzimmer kann wohl einmal vergewaltigt werden, aber ihre Tugend gewinnt daraus nur erhöhte Kraft. Der Jude brachte mich nun zu meiner Zähmung in dieses Landhaus, in dem wir jetzt sind. Bis dahin hatte ich geglaubt, es gäbe auf der Erde nichts so

Schönes wie das Schloß von Tundertentronck, aber ich bin eines besseren belehrt worden. Eines Tages sah mich der Großinquisitor in der Messe; er blickte mich oft an und ließ mir dann sagen, er müsse mich in einer geheimen Angelegenheit sprechen. Ich wurde in seinen Palast geführt und entdeckte ihm meine Geburt. Er stellte mir vor, wie wenig es meinem Range entspräche, einem Israeliten anzugehören. Und dann wurde dem Don Issakar von seiner Seite der Vorschlag gemacht, mich Seiner Hochwürden abzutreten. Don Issakar, welcher Hofbankier und ein sehr einflußreicher Mann ist, wollte davon nichts wissen. Der Inquisitor bedrohte ihn nun mit einem Autodafé. Daraufhin schloß der eingeschüchterte Jude einen Vertrag mit ihm ab, wonach das Haus und ich ihnen beiden gemeinsam gehören sollte: dem Juden standen die Montage, Mittwoche und der Sabbat, dem Inquisitor die übrigen Tage der Woche zu. Seit sechs Monaten besteht nun dieser Vertrag, allerdings nicht ohne Streitigkeiten, denn oft war es unbestimmt, ob die Nacht vom Sonnabend auf den Sonntag unter das mosaische oder das christliche Gesetz fiele. Was mich jedoch angeht, so habe ich bis jetzt allen beiden widerstanden, und gerade aus diesem Grunde bin ich, wie ich glaube, ohne Wanken geliebt worden.

Um die Geißel der Erdbeben abzuwenden und Don Issakar einzuschüchtern, gefiel es nun schließlich dem Herrn Inquisitor, ein Autodafé zu feiern. Er erwies mir die Ehre, mich dazu einzuladen. Ich bekam einen vortrefflichen Platz, und zwischen der Messe und der Urteilsvollstreckung wurden den Damen sogar Erfrischungen gereicht. Allerdings erfaßte mich ein Grausen, als ich die beiden Juden und den wackeren Biskayer, der seine Gevatterin geheiratet hatte, brennen sah, wie groß war jedoch meine Überraschung, mein Schrecken und meine Unruhe, als ich in einem Sanbenito und unter einer Mitra eine Gestalt erblickte, die Pangloß ähnelte. Ich rieb mir die Augen, betrachtete ihn aufmerksam, sah ihn gehängt werden und fiel in Ohnmacht. Kaum war ich wieder zur Besinnung gekommen, so sah ich Sie bis auf die Haut entkleidet vor mir, und mein Schrecken, meine Bestürzung, mein Schmerz und meine Verzweiflung erreichten ihren Höhepunkt. Der Wahrheit gemäß will ich Ihnen gestehen, daß Ihre Haut noch weißer und deren Tönung noch vollkommener ist als bei meinem bulgarischen Hauptmann; dieser Anblick verdoppelte alle Gefühle, die mich durchwogten und verzehrten. Ich wollte aufschreien, wollte rufen:

»Halt, halt, ihr Barbaren,« aber meine Stimme versagte, und außerdem wäre mein Rufen auch nutzlos gewesen. Als Sie dann tüchtig gegeißelt worden waren, fragte ich mich, wie kann es sein, daß der liebenswürdige Candid und der weise Pangloß sich in Lissabon befinden und zwar der eine, um hundert Geißelhiebe zu bekommen, und der andere, um gehängt zu werden, und beides auf Befehl des Herrn Inquisitors, dessen Geliebte ich bin? Pangloß hatte mich also grausam getäuscht, als er mir versicherte, alles in der Welt sei zum besten bestellt!

Aufgeregt, von Sinnen, bald der Raserei nahe und dann wieder fast sterbend vor Schmerz, war mein ganzes Innere erfüllt von der Metzelei meines Vaters, meiner Mutter, meines Bruders, von der Schändlichkeit meines abscheulichen bulgarischen Soldaten, von dem Messerstich, den er mir versetzte, von meiner Dienstbarkeit, meinem Köchinnen- handwerk, meinem bulgarischen Hauptmann, meinem häßlichen Don Issakar, meinem abscheulichen Inquisitor, von dem Henken des Doktor Pangloß und von dem großen eintönigen Miserere, zu dessen Klängen Sie gegeißelt wurden, und vor allem von dem Kusse, den ich Ihnen hinter einem Wandschirm an jenem Tage gegeben, da ich Sie zum letzten Mal sah. Ich pries Gott, daß er Sie mir nach vielen Prüfungen wiedergegeben. Ich gebot meiner Alten, für Sie Sorge zu tragen und Sie, sobald es anginge, hierher zu bringen. Sie hat meinen Auftrag trefflich ausgeführt, ich habe die unaussprechliche Freude genossen, Sie wiederzusehen, Sie zu hören und zu Ihnen zu sprechen. Sie müssen jedoch einen verzehrenden Hunger verspüren, und auch ich habe großen Appetit, lassen Sie uns also mit dem Nachtmahl beginnen.«

Damit setzten sie sich alle beide an den Tisch, und nach dem Essen nahmen sie wieder auf dem schönen Sofa Platz, von dem bereits gesprochen worden ist, und dort saßen sie, als Don Issakar, einer der Herren des Hauses, eintrat. Es war nämlich Sabbat, und so wollte er sich seiner Rechte erfreuen und seiner zärtlichen Liebe Ausdruck geben.

Neuntes Kapitel
Was mit Kunigunde, mit Candid, mit dem Großinquisitor und mit einem Juden geschah.

Dieser Issakar war der jähzornigste Hebräer, den es seit der babylonischen Gefangenschaft gegeben.»Wie, du galiläische Hündin«, schrie er,»mit dem Herrn Inquisitor ist's noch nicht getan, auch dieser Hallunke dort soll mit mir teilen?« Und während er dieses sprach, zog er einen langen Dolch, den er stets bei sich trug, und da er nicht annahm, daß auch die Gegenpartei Waffen hätte, warf er sich über Candid. Unser wackerer Westfale hatte jedoch zusammen mit dem vollständigen Anzug auch einen schönen Degen von der Alten bekommen, und trotz seines sanften Gemütes zog er ihn nun hervor und streckte mir nichts dir nichts den Israeliten mausetot zu den Füßen der schönen Kunigunde auf die Fliesen nieder.

»Heilige Jungfrau,« schrie diese auf,»was soll aus uns werden; ein Mann bei mir getötet! Wenn die Polizei kommt, sind wir verloren.«

»Wäre Pangloß nicht gehängt worden,« sagte Candid,»wüßte er in dieser äußersten Not einen guten Rat zu geben, denn er war ein großer Philosoph. Da er uns fehlt, wollen wir die Alte befragen.« Sie war sehr klug und wollte eben ihre Meinung sagen, als sich eine andere kleine Tür öffnete. Es war eine Stunde nach Mitternacht, also Sonntag Anfang, und dieser Tag gehörte dem Herrn Inquisitor. Er trat ein und sah den gegeißelten Candid mit gezogenem Säbel und einen Toten lang auf der Erde, Kunigunde starr vor Schrecken und die Alte Ratschläge erteilend. In diesem Augenblick ging nun in der Seele Candids folgendes vor und führte ihn zu den folgenden Schlüssen: Wenn dieser heilige Mann Hilfe herbeiruft, wird er mich später unweigerlich verbrennen lassen, dasselbe könnte er mit Kunigunde tun; ferner hat er mich unbarmherzig auspeitschen lassen, ist zudem noch mein Nebenbuhler, und ich bin gerade beim Totstechen, es gibt also kein Schwanken. Diese Überlegung ging klar und blitzschnell vor sich, und ohne dem Inquisitor auch nur die Zeit zu gönnen, sich von seinem Erstaunen zu erholen, stieß er ihn durch und durch und legte ihn neben den Juden zu Boden.»Noch einer,« rief Kunigunde,»nun gibt es keine Schonung mehr, wir werden exkommuniziert werden, unsere letzte Stunde hat geschlagen! Wie haben Sie, der Sie von Natur so sanftmutig sind, es nur angestellt, in zwei Minuten einen Juden und einen Kirchenfürsten zu töten?«»Mein schönes Fräulein, wenn man verliebt, eifersüchtig und von der Inquisition ausgepeitscht worden ist, kennt man sich nicht mehr.«

Nun ergriff die Alte das Wort und sagte:»Im Stalle stehen drei andalusische Pferde mit Sattel und Zaumzeug, der tapfere Candid möge sie anschirren. Die gnädige Frau haben Golddublonen und Diamanten, wir wollen, obgleich ich mich nur noch auf einer Hinterbacke zu halten vermag, schnellstens aufsitzen und nach Cadix reiten. Es ist das schönste Wetter von der Welt, und eine Reise in der Frische der Nacht ist ein großes Vergnügen.«

Auf der Stelle sattelte Candid die drei Pferde, und Kunigunde, die Alte und er legten hintereinander dreißig Meilen zurück. Während sie dahinjagten, betraten die Schergen der heiligen Hermandad das Haus: Hochwürden wurde in einer schönen Kirche beigesetzt und Issakar auf den Schindanger geworfen.

Candid, Kunigunde und die Alte befanden sich zu der Zeit bereits in der kleinen Stadt Avacena inmitten der Berge der Sierra Morena und führten in einer Herberge folgendes Gespräch miteinander:

Zehntes Kapitel

In welcher Not Candid, Kunigunde und die Alte nach Cadix gelangten und von ihrer Einschiffung.

Wer nur hat meine Dublonen und meine Diamanten stehlen können?« rief Kunigunde unter Tränen,»wovon sollen wir leben, was sollen wir tun, wo Inquisitoren und Juden finden; die mir wieder neue schenken?« »Ach,« sagte die Alte,»leider muß ich einen ehrwürdigen Franziskanermönch im Verdacht haben, der gestern in Badajoz in derselben Herberge schlief. Bei Gott, ich scheue mich davor, ein voreiliges Urteil zu fällen: aber er betrat zweimal unser Zimmer und reiste lange vor uns ab.« »Ach,« sagte Candid,»oft hat mir der gute Pangloß bewiesen, daß die Güter der Erde allen Menschen gemeinsam gehörten und ein jeglicher gleiches Anrecht auf sie hätte. Nach diesen Grundsätzen hätte der Franziskaner uns wenigstens so viel lassen müssen, wie wir zur Fortsetzung unserer Reise benötigen. Sie haben also gar nichts mehr, meine schöne Kunigunde?« »Nicht einen Heller.«

»Was tun?« rief Candid. »Lassen Sie uns eines der Pferde verkaufen,« schlug die Alte vor, »ich sitze dann hinter dem gnädigen Fräulein auf, und wenn ich mich auch nur noch mit einer Hinterbacke festzuhalten vermag, so werden wir doch schon nach Cadix gelangen.« Ein Benediktinerprior hielt sich zufällig in derselben Herberge auf und erstand das Pferd für einen billigen Preis. Candid, Kunigunde und die Alte kamen durch Lucena, durch Chillas, durch Lebrixa und langten endlich in Cadix an. Dort rüstete man eine Flotte aus und zog Truppen zusammen, um die ehrwürdigen Jesuitenpatres von Paraguay zur Vernunft zu bringen, welche beschuldigt wurden, eine ihrer Horden in der Nähe der Stadt des heiligen Sakraments gegen die Könige von Spanien und Portugal aufgewiegelt zu haben. Candid, der ja bei den Bulgaren gedient hatte, exerzierte dem General der kleinen Armee auf bulgarische Weise mit so viel Anstand, Schnelligkeit, Gewandtheit, Strammheit und Biegsamkeit vor, daß man ihm den Befehl über eine Kompagnie Fußvolk übertrug. So war er denn nun Hauptmann geworden und ging mit Fräulein Kunigunde, der Alten, zwei Dienern und den beiden andalusischen Pferden, welche dem Herrn Großinquisitor von Portugal gehört hatten, zu Schiff.

Während der ganzen Überfahrt sprachen sie viel über die Philosophie des armen Pangloß. »Wir begeben uns jetzt in einen anderen Weltteil,« sagte Candid, »wahrscheinlich wird dort alles gut sein, denn man muß doch gestehen, daß man über so mancherlei, was sich in dem unseren ereignet, sowohl körperlich wie geistig, gar sehr klagen könnte.« »Ich liebe Sie zwar von ganzem Herzen,« sagte Kunigunde, »aber meine Seele ist noch ganz verstört von allem, was ich gesehen und erlebt habe.« »Es wird alles zum besten gehen,« fuhr Candid fort, »das Meer dieser neuen Welt ist schon weit besser als die Meere in unserem alten Europa, es ist ruhiger und die Winde sind beständiger. Gewißlich ist die neue Welt jene beste aller möglichen Welten.« »Wolle es Gott,« rief Kunigunde, »aber ich bin in der meinen so schrecklich unglücklich gewesen, daß sich mein Herz jeder Hoffnung fast verschließt.« »Sie beklagen sich,« sprach nun die Alte zu ihnen, »und Sie haben doch, ach,« so gar wenig Übles erlitten im Vergleich mit dem, was ich durchgemacht.« Kunigunde mußte beinahe lachen und fand die gute Frau mit ihrer Behauptung, unglücklicher zu sein als sie selber, sehr ergötzlich. »Ach, meine Gute,« sprach sie zu ihr, »wenn du nicht wenigstens von zwei Bulgaren vergewaltigt worden bist und zwei

Messerstiche in den Bauch bekommen hast, und man dir nicht zwei Schlösser zerstört hat, und man nicht zwei Mütter und zwei Väter vor deinen Augen erwürgt und mindestens zwei deiner Liebhaber in einem Autodafé ausgepeitscht hat, so sehe ich nicht, wie du es mir hättest zuvortun können, und dazu kommt noch, daß ich als Freifräulein von zweiundsiebenzig Ahnen geboren und dennoch zum Handwerk einer Köchin gezwungen worden bin.«»Gnädiges Fräulein,« erwiderte die Alte,»von meiner Geburt wissen Sie nichts, und wollte ich Ihnen meinen Hintern zeigen, so würden Sie nicht länger solchermaßen sprechen, sondern Ihr Urteil aufschieben.« Diese Bemerkung erweckte in Kunigundens und Candids Herzen eine unbezähmbare Neugierde, die Alte aber redete folgendermaßen zu ihnen:

Elftes Kapitel
Die Geschichte der Alten.

»Ich habe nicht stets gerötete und blutumränderte Augen gehabt, noch berührte meine Nase immer mein Kinn, noch war ich stets eine Dienstmagd. Ich bin die Tochter des Papstes Urban des Zehnten [Fußnote] und der Prinzessin von Palestrina. Bis zu meinem vierzehnten Jahre wurde ich in einem Palast auferzogen, für den alle Schlösser Eurer deutschen Barone nicht einmal einen Stall abgegeben hätten, und ein einziges meiner Kleider kostete mehr als alle Herrlichkeiten Westfalens. Inmitten von Freuden, Ehrerbietungen und Hoffnungen wuchs ich auf und nahm zu an Schönheit, Anmut und Begabung; ich vermochte schon Liebe zu erregen, mein Busen formte sich schon, und welch ein Busen! Weiß, fest und schlank geschwungen wie der Busen der Venus von Medici, und welche Augen, welche Wimpern, welche schwarzen Brauen, und welche Flammen schossen nicht zwischen meinen Lidern hervor und überglänzten das Funkeln der Sterne, wie mir die Dichter bei Hofe versicherten! Die Frauen, die mich an- und auskleideten, gerieten außer sich vor Entzücken, wenn sie mich von hinten und von vorne anschauten, und alle Männer hätten sich an ihre Stelle gewünscht.
Ich wurde mit einem regierenden Fürsten von Massacarrara verlobt: welch ein Prinz! Er war ebenso schön wie ich, erfüllt von Sanftmut und Lieblichkeit, glänzend an Geist und glühend vor Liebe. Ich meinerseits

liebte ihn, wie man nur das erste Mal lieben kann. Die Hochzeit ward mit unerhörtem Glanz und Prunk vorbereitet, Feste, Ringstechen und komische Opern drängten einander, und ganz Italien machte Sonette auf mich, von denen nicht ein einziges leidlich war. Schon nahte sich der Augenblick meines Glückes, als eine alte Marquise, welche die Geliebte meines Prinzen gewesen war, ihn zu einer Tasse Schokolade einlud. In weniger als zwei Stunden starb er unter entsetzlichen Krämpfen, aber das war nur eine Kleinigkeit. Meine Mutter, die verzweifelt und dennoch weit weniger betrübt war als ich, wollte für einige Zeit dem traurigen Leben am alten Orte entfliehen. Sie besaß ein sehr schönes Landgut bei Gaïtte, und wir brachen auf einer einheimischen Galeere, welche wie der Altar St. Peters in Rom über und über vergoldet war, nach dorthin auf.

Ein Korsarenschiff aus Salee fiel über uns her, kaperte uns, und unsere Soldaten verteidigten sich wie Soldaten des Papstes: sie warfen ihre Waffen fort, fielen in die Kniee und baten die Seeräuber um Absolution in articulo mortis.

Sofort zog man sie nackt wie Affen aus, ebenso meine Mutter, ebenso unsere Ehrendamen und ebenso auch mich. Es ist etwas Herrliches um die Emsigkeit, mit der diese Herren jedermann auszuziehen verstehen, was mich jedoch noch mehr verwunderte, war der Umstand, daß sie uns allen den Finger in einen Ort steckten, in den wir Frauen uns im allgemeinen nur Spritzröhrchen einführen lassen. Diese Vornahme erschien mir gar absonderlich, so töricht urteilt man eben über alles, solange man noch nicht außer Landes gewesen ist. Denn bald erfuhr ich, dergleichen geschehe, um zu sehen, ob wir dort nicht etwa Diamanten verborgen hätten; das Ganze ist ein seit undenklichen Zeiten bei den gesitteten seefahrenden Völkern üblicher Brauch. Ich habe erfahren, daß sogar die frommen Herren Malteserritter ihn niemals außer acht lassen, wenn sie Türken oder Türkinnen aufbringen, er bildet ein Gesetz des Völkerrechtes, an dem man noch niemals gerührt hat.

Ich will Ihnen nicht sagen, wie hart es für eine junge Prinzessin ist, als Sklavin mit ihrer Mutter nach Marokko geführt zu werden. Sie können sich alles, was wir auf dem Seeräuberschiff auszustehen hatten, genugsam vorstellen. Meine Mutter war noch sehr schön und unsere Ehrendamen, ja, unsere einfachen Kammerfrauen besaßen mehr Reize, als sich in ganz Afrika auffinden lassen. Was mich anging, ich war zum Entzücken, ich war die Schönheit und Anmut selber und war noch Jungfrau! Ich blieb es nicht lange; diese Blume, die für den schönen

Prinzen von Massacarrara gehegt worden war, wurde mir durch den Korsarenkapitän geraubt. Er war ein scheußlicher Neger, der sich noch einbildete, mir eine große Ehre zu erweisen. Die Frau Prinzessin von Palestrina und ich müssen gewißlich sehr stark gewesen sein, um alledem zu widerstehen, was wir bis zu unserer Ankunft in Marokko zu erdulden hatten! Übergehen wir es, derlei Dinge sind so gewöhnlich, daß es nicht der Mühe verlohnt, über sie zu sprechen.

Als wir anlangten, schwamm Marokko in Blut. Von den fünfzig Söhnen des Kaisers Muley-Ismael hatte ein jeder seine Partei, und daraus entsprangen fünfzig Bürgerkriege von Schwarzen gegen Schwarze, von Schwarzen gegen Gelbhäute, von Gelbhäuten gegen Gelbhäute, von Mulatten gegen Mulatten. In der ganzen Ausdehnung des Reichs herrschte nichts wie eine einzige große Metzelei.

Kaum waren wir ans Land gestiegen, so zogen auch schon Neger von einer unserem Korsaren feindlichen Partei heran, um ihm seine Beute abzujagen. Nach den Diamanten und dem Golde waren wir das Kostbarste, was er besaß, so ward ich denn Zeuge eines Kampfes, wie man dergleichen in Ihren europäischen Gegenden nie zu sehen bekommt. Das Blut der nordischen Völker ist nicht glühend genug, sie kennen die Wut nach Frauen nicht in dem Maße, wie sie in Afrika gewöhnlich ist. Ihre Europäer scheinen Milch in den Adern zu haben, in denen der Bewohner des Berges Atlas und der umliegenden Länder fließt dagegen Vitriol und Feuer. Man kämpfte um uns mit der Wut von Löwen, von Tigern und von Schlangen, wie sie in dem Lande dort leben. Ein Maure packte meine Mutter, der Leutnant meines Kapitäns hielt sie am linken Arm, maurische Soldaten ergriffen sie bei einem ihrer Beine, einer unserer Seeräuber hielt sie am anderen fest: unsere Mädchen wurden fast alle augenblicklich auf diese Weise von vier Soldaten nach vier Seiten gezogen. Mein Kapitän hatte sich vor mich gestellt, in seiner Faust hielt er einen krummen Türkensäbel und tötete alles, was sich seiner Raserei entgegenzustellen wagte. Schließlich sah ich unsere Italienerinnen und meine Mutter auseinander gerissen, zerhackt und zermalmt werden durch die Ungeheuer, die sich um sie stritten; alle meine gefangenen Gefährten und alle, die sie zu Gefangenen gemacht, Soldaten, Matrosen, Neger, Gelbhäute, Weiße, Mulatten und zuletzt auch mein Kapitän wurden getötet, und ich blieb sterbend auf einem Haufen von Toten liegen. Die gleichen Auftritte ereigneten sich, wie man weiß, bis zu einer Ausdehnung von mehr als dreihundert Meilen, ohne daß jemals die von Mohammed befohlenen täglichen Gebete außer acht gelassen worden wären.

Mit großer Mühe gelang es mir, mich aus der Menge so vieler aufgehäufter blutender Leichname zu befreien, und ich schleppte mich unter einen großen Orangenbaum, der am Ufer eines nahen Baches stand, dort brach ich vor Angst, Mattigkeit, Entsetzen, Verzweiflung und Hunger zusammen. Bald darauf fielen meine zermarterten Sinne in einen Schlaf, der eher eine Ohnmacht denn ein Ausruhen war. In einem solchen Zustande von Schwäche und Empfindungslosigkeit zwischen Tod und Leben befand ich mich, als ich mich von etwas gedrückt fühlte, das sich auf meinem Körper hin und her schaukelte; ich öffnete die Augen und sah einen weißen Mann von gutmütigem Äußeren, welcher stöhnte und zwischen den Zähnen murmelte:»O che sciagura d'essere senza cogl ...!«

Zwölftes Kapitel

Fortsetzung des Mißgeschicks der Alten.

Erstaunt und entzückt, die Sprache meines Vaterlandes zu vernehmen, und nicht weniger überrascht durch die Worte, welche dieser Mann ausstieß, antwortete ich ihm, daß es noch weit größeres Unglück gäbe als jenes, über das er sich beklagte. Ich erzählte ihm in wenigen Worten all das Grausige, das ich erlitten, und fiel in meinen alten Schwächezustand zurück. Er trug mich in ein benachbartes Haus, legte mich ins Bett, ließ mir zu essen geben, bediente mich, tröstete mich, schmeichelte mir und sagte mir, er habe noch niemals etwas Schöneres als mich gesehen und auch noch niemals das so schmerzlich vermißt, was ihm niemand wiederzugeben vermöchte.»Ich bin in Neapel geboren,« sagte er zu mir,»man kapaunt dort alljährlich zwei- bis dreitausend Kinder: die einen sterben davon, die anderen bekommen eine weit schönere Stimme, als Frauen haben, und wieder andere machen sich auf und beherrschen Staaten. [Fußnote] An mir ward jene Operation mit dem außerordentlichsten Erfolge vollzogen, und ich wurde Sänger in der Kapelle der Frau Prinzessin von Palestrina.«»In der Kapelle meiner Mutter!« schrie ich.»Ihrer Mutter?« rief er weinend,»wie, so sind Sie jene junge Prinzessin, die ich bis zu ihrem sechsten

Jahre auf den Armen getragen, und die damals schon so schön zu werden versprach, wie Sie es heute sind?«»Ja, ich bin es selber, und meine Mutter liegt vierhundert Schritte von hier in vier Stücke zerrissen unter einem Haufen von Leichen ...«

Ich erzählte ihm nun alles, was mir widerfahren, und auch er erzählte mir seine Abenteuer. Er ließ mich wissen, daß er von einer christlichen Macht zu dem Könige von Marokko entsandt worden war, um mit diesem Herrscher einen Vertrag abzuschließen, auf Grund dessen man ihm Pulver, Kanonen und Kriegsschiffe schicken wollte, auf daß er Beistand leiste zur Verdrängung des Handels der anderen Christen.

»Mein Auftrag ist ausgeführt,« sagte der ehrenwerte Eunuch, »ich will mich in Ceuta einschiffen, und Sie will ich nach Italien zurückbringen: Ma che sciagura d'essere senza cogl...«

Ich dankte ihm mit Tränen der Rührung, aber anstatt mich nach Italien zu bringen, brachte er mich nach Algier und verkaufte mich dort an den Dei dieses Landes. Kaum war ich verkauft, so brach jene wütende Pestseuche in Algier aus, welche ganz Afrika, Asien und Europa durchzogen hat. Sie haben Erdbeben erlebt, haben Sie aber jemals die Pest gehabt, gnädiges Fräulein?«»Niemals,« erwiderte die Baronin.

»Hätten Sie sie gehabt,« fuhr die Alte fort, »so würden Sie zugeben, daß sie einem Erdbeben weit überlegen ist; in Afrika ist sie ziemlich üblich, auch ich ward von ihr befallen. Stellen Sie sich die Lage der fünfzehnjährigen Tochter eines Papstes vor, welche innerhalb von drei Monaten Armut und Sklaverei kennen gelernt hatte, fast täglich vergewaltigt worden war, ihre Mutter hatte vierteilen sehen, und Hunger und Kriegsnot erduldet hatte und nun mit Pest behaftet in Algier dahinstarb. Ich starb jedoch nicht, wohl aber mein Eunuch und der Dei und fast der ganze Serail von Algier.

Als das erste Wüten dieser furchtbaren Seuche vorüber war, verkaufte man die Sklaven des Dei. Mich erhandelte ein Kaufmann und brachte mich nach Tunis, wo er mich an einen anderen Händler verkaufte, der mich nach Tripolis losschlug; von Tripolis wurde ich dann nach Alexandrien, von Alexandrien nach Smyrna und von Smyrna nach Konstantinopel weiterverkauft. Dort ward ich dann endlich Eigentum eines Janitscharenagas, der bald darauf Befehl erhielt, Asof gegen die heranziehenden Russen zu verteidigen.

Der Aga war ein äußerst ritterlicher und verliebter Mann und nahm seinen ganzen Serail mit. Er brachte uns in einer kleinen Festung auf dem mäotischen See unter und ließ uns von zwei schwarzen Eunuchen und zwanzig Soldaten bewachen. Man tötete eine Unmenge von Russen, aber sie vergalten es nicht schlecht. Asof wurde in Blut und Feuer ertränkt und weder das Alter noch das Geschlecht geschont, nur unsere kleine Festung blieb noch unbezwungen, und die Feinde beschlossen, uns auszuhungern. Die zwanzig Soldaten hatten geschworen, sich niemals zu übergeben, die äußerste Hungersnot jedoch, in die sie gedrängt wurden, zwang sie aus Furcht, ihren Schwur zu brechen, dazu, unsere beiden Eunuchen aufzuessen, und nach Verlauf von zwei Tagen beschlossen sie, ein gleiches mit den Frauen zu tun.

Wir hatten einen sehr frommen und mitleidigen Iman, welcher nun eine schöne Predigt hielt, mit der er sie überredete, uns nicht völlig zu töten: »Schneidet einer jeden dieser Damen nur eine Hinterbacke ab,« sprach er, »Ihr werdet derweise köstlich schmausen, und sollte die Not es fügen, habt Ihr Tags darauf gerade noch einmal die gleiche Portion, der Himmel wird Euch jedoch Euer barmherziges Verhalten vergelten und Euch retten.«

Es eignete ihm eine große Beredsamkeit, und so vermochte er sie zu bestimmen: man nahm jene grausige Operation an uns vor, und der Iman legte uns von dem Balsam auf, mit dem man die frisch verschnittenen Kinder bestreicht ... wir waren alle dem Tode nahe.

Kaum hatten die Janitscharen das Gericht, das wir ihnen geliefert, verspeist, so fuhren auch schon die Russen auf flachen Booten heran. Kein einziger Janitschare kam mit dem Leben davon. Unser Zustand ward von den Russen nicht weiter beachtet. Überall jedoch gibt es französische Wundärzte, und einer von ihnen, der ungemein geschickt war, nahm sich unser an. Er heilte uns, und mein Lebtage werde ich es nicht vergessen, daß er mir, sobald meine Wunden gut verheilt waren, zärtliche Anerbietungen machte. Im übrigen riet er uns allen, uns zu trösten, und versicherte, dergleichen sei schon bei vielen Belagerungen vorgekommen, es sei Kriegsrecht.

Sobald meine Gefährtinnen wieder gehen konnten, brachte man sie nach Moskau. Ich fiel einem Bojaren zu, der mich zu seiner Gärtnerin machte und mir täglich zwanzig Knutenhiebe verabfolgte; doch als dieser Edelmann zwei Jahre später wegen einer Hofklatscherei mit dreißig anderen Bojaren umgebracht wurde, machte ich mir diesen Vorfall zunutze und entfloh. Ich durchzog ganz Rußland und war lange Kellnerin in Riga, dann in Rostock, Wismar, Leipzig, Kassel, Utrecht,

Leyden, im Haag und in Rotterdam. Ich bin in Elend und Schande alt geworden; da ich aber nur einen halben Hinteren hatte und es niemals vergessen konnte, daß ich die Tochter eines Papstes sei, habe ich mich wohl zu hundert Malen töten wollen, stets jedoch liebte ich das Leben noch zu sehr. Diese lächerliche Schwäche ist vielleicht eine unserer unheilvollsten Neigungen, denn kann es etwas Törichteres geben, als unaufhörlich eine Last weiter tragen zu wollen, die man stets zu Boden werfen möchte, als Abscheu zu empfinden vor seinem Wesen und doch an seinem Wesen zu hängen, kurz, die Schlange, die uns verzehrt, zu liebkosen, bis sie uns das Herz aus der Brust gefressen hat?

In den Ländern, durch die mich das Schicksal getrieben, und in den Schenken, in denen ich gedient, habe ich eine ungeheure Zahl von Menschen gesehen, denen allen ihr Dasein eine Trübsal und ein Greuel war, aber nur zwölfen bin ich begegnet, die ihrem Elend freiwillig ein Ende setzten: es waren drei Neger, vier Engländer, vier Genfer und ein deutscher Professor namens Robeck. Zuletzt ward ich Dienstmagd bei dem Juden Don Issakar: er gab mich Ihnen, mein schönes Fräulein, zur Seite, und ich habe mich an Ihr Geschick geknüpft, stets habe ich mich mehr mit Ihren Abenteuern befaßt, denn mit den meinen. Ich würde Ihnen sogar niemals von meinem Unglücke gesprochen haben, wenn Sie mich durch Ihre Behauptung nicht etwas verletzt hätten und es außerdem nicht Brauch wäre, sich auf einem Schiff zum Zeitvertreib Geschichten zu erzählen. Kurz und gut, mein Fräulein, ich habe Erfahrung, ich kenne die Welt: Wollen Sie sich ein Vergnügen machen, so bitten Sie einen jeden der Reisenden hier, Ihnen seine Geschichte zu erzählen, und wenn sich nur ein einziger darunter findet, der nicht oft sein Leben verflucht und sich gesagt hat, daß er der unglücklichste aller Menschen sei, so werft mich mit dem Kopf voran ins Meer.«

Dreizehntes Kapitel

Wie Candid gezwungen wurde, sich von der schönen Kunigunde und der Alten zu trennen.

Als die schöne Kunigunde die Geschichte der Alten vernommen hatte, beobachtete sie ihr gegenüber fortan alle Rücksichten, die man einer Person ihres Ranges und Verdienstes schuldig war. Sie nahm auch ihren

Vorschlag an und forderte alle Reisenden nach einander auf, ihr ihre Erlebnisse zu erzählen. Candid und sie mußten zugeben, daß die Alte recht gehabt.

»Wie schade,« sagte Candid, »daß der weise Pangloß wider allen Brauch bei einem Autodafé gehängt worden ist, er würde uns jetzt gar herrliche Sachen über das physische und geistige Leiden sagen, welches Meer und Land bedeckt, ich jedoch würde diesmal genug Kraft in mir fühlen, ihm in aller Ehrerbietung einige Einwendungen zu machen.«

Während jeder seine Geschichte erzählte, fuhr das Schiff immer weiter voran, und man landete in Buenos Aires. Kunigunde, der Hauptmann Candid und die Alte begaben sich zu dem Governador Don Fernando d'Ibara y Figueora y Mascarenes y Lampurdos y Susa. Dieser Edelmann besaß den entsprechenden Stolz zu so vielen Namen; er sprach zu allen Leuten mit der hochgeborensten Herablassung, trug die Nase so steil, sprach so unerbittlich streng und laut, nahm einen so überlegenen Ton an und benahm sich so hochfahrend, daß jedermann, der ihn begrüßen mußte, sich auch versucht fühlte, ihn zu prügeln. Die Weiber liebte er rasend, und Kunigunde dünkte ihm die Schönste zu sein, die er jemals gesehen. Das erste, was er tat, war, zu fragen, ob sie die Frau des Hauptmannes sei. Die Art und Weise, in der er diese Frage stellte, beunruhigte Candid. Er wagte jedoch nicht zu sagen, sie sei seine Frau, weil sie es ja in Wirklichkeit nicht war, aber er wagte auch nicht, sie als seine Schwester auszugeben, weil sie das noch weniger war. Und obgleich eine derartige Lüge einstmals bei den Alten durchaus gang und gäbe gewesen wäre und auch uns Heutigen nützlich sein könnte, so war seine Seele doch zu rein, um dergestalt die Wahrheit zu fälschen. »Fräulein Kunigunde«, sagte er, »wird mir die Ehre antun, mich zu heiraten, und wir bitten Euere Exzellenz, unsere Eheschließung huldvollst vornehmen zu wollen.«

Don Fernando d'Ibara y Figueora y Mascarenes y Lampurdos y Susa zuckte bitter lächelnd mit seinem Schnurrbart und erteilte dem Hauptmann Candid den Befehl, eine Besichtigung seiner Kompagnie abzuhalten. Candid gehorchte, der Governador blieb bei Fräulein Kunigunde. Er gestand ihr seine Leidenschaft und beteuerte, er wolle sie morgen vor dem heiligen Angesicht der Kirche oder auch anders zu seiner Frau machen, ganz wie es ihren Reizen belieben sollte. Kunigunde bat ihn um eine Viertelstunde Frist, um sich zu bedenken, die Alte zu befragen und dann einen Entschluß zu fassen.

Die Alte sprach zu Kunigunde:»Fräulein, Sie haben zweiundsiebenzig Ahnen und nicht einen gebogenen Heller! Es hängt nur von Ihnen ab, die Frau des mächtigsten Herren von Südamerika zu werden, welcher dazu noch einen sehr schönen Schnurrbart hat. Steht es Ihnen denn überhaupt noch an, sich auf unverbrüchliche Treue zu versteifen? Sie sind von den Bulgaren vergewaltigt worden, ein Jude und ein Inquisitor haben Ihre Gunst genossen: das Unglück verleiht Rechte. Ich gestehe offen, wäre ich an Ihrer Stelle, so würde ich mir keine Gewissensbisse daraus machen, den Herrn Governador zu heiraten und den Herrn Hauptmann Candid zu beglücken.« Während die Alte solcherweise mit all der Klugheit sprach, welche Alter und Erfahrung verleihen, sah man ein kleines Schiff in den Hafen einlaufen. Es trug einen Alkalden und viele Schergen ... es war nämlich inzwischen folgendes vorgefallen: Die Alte hatte sehr richtig geraten, daß es ein Franziskaner gewesen, der Kunigunden auf ihrer eiligen Flucht mit Candid in Badajoz ihr Geld und ihren Schmuck gestohlen. Der Mönch hatte einiges von dem Geschmeide an einen Goldschmied verkaufen wollen und dieser hatte es als das Eigentum des Großinquisitors erkannt. Bevor der Franziskaner gehängt wurde, gestand er, den Schmuck gestohlen zu haben, und beschrieb die Personen und den Weg, den sie genommen. Inzwischen war die Flucht Candids und Kunigundens bereits bekannt geworden, man verfolgte sie bis Cadix und entsandte dann, ohne Zeit zu verlieren, ein Schiff zu ihrer Verfolgung, und schon war es im Hafen von Buenos Aires angelangt. Es verbreitete sich das Gerücht von der bevorstehenden Landung eines Alkalden und von der Verfolgung der Mörder Seiner Hochwürden des Herrn Großinquisitors. Die kluge Alte übersah augenblicklich, was nun zu tun sei.»Sie können nicht fliehen,« sprach sie zu Kunigunden,»und außerdem haben Sie auch nichts zu fürchten, da Sie Seine Hochwürden ja nicht getötet haben, und überdies liebt Sie der Governador und wird nie und nimmer leiden, daß man Sie mißhandelt, bleiben Sie also.« Darauf lief sie eiligst zu Candid.»Fliehen Sie,« rief sie ihm zu,»oder Sie sind in einer Stunde ein verbrannter Mann.« Kein Augenblick war zu verlieren, aber wie sich von Kunigunden trennen und wohin sich flüchten?

Vierzehntes Kapitel

Wie Candid und Cacambo von den Jesuiten in Paraguay aufgenommen wurden.

Candid hatte aus Cadix einen Diener mit sich gebracht, wie man ihrer an den spanischen Küsten und in den Kolonien gar viele findet. Er war ein Viertelsspanier, der Sohn eines Mestizen aus Tucuman. Nacheinander war er Chorknabe, Sakristan, Matrose, Mönch, Packmeister, Soldat und Lakai gewesen; er hieß Cacambo und liebte seinen Herrn über alles, weil sein Herr ein überaus guter Mensch war. Aufs schnellste sattelte er die beiden andalusischen Pferde. »Auf, Herr,« rief er, »laßt uns dem Rat der Alten folgen, auf! Wir müssen davonjagen, ohne uns umzusehen.« Candid vergoß Tränen. »Oh meine geliebte Kunigunde, muß ich Sie gerade in dem Augenblick verlassen, in dem der Governador unsere Eheschließung vornehmen wollte! Was soll aus Ihnen werden, die Sie von so fern herkamen?« »Aus ihr wird werden,« sagte Cacambo, »was immer ihr beliebt, die Weiber kommen um ihrer selbst willen niemals in Verlegenheit. Gott sorgt schon für sie, auf, auf!« »Wohin willst du mich bringen, wohin sollen wir uns wenden und was tun ohne Kunigunde?« rief Candid. »Beim heiligen Jakob von Compostella,« versetzte Cacambo, »Sie sollten doch gegen die Jesuiten zu Felde ziehen, tun wir es jetzt mit ihnen! Ich kenne die Wege gut genug, um Sie in ihr Gebiet zu führen, sie werden entzückt sein, einen Hauptmann zu haben, der das Exerzieren auf bulgarische Weise versteht, es wird Ihnen wunderbar gut ergehen! Wenn man seine Rechnung nicht in der einen Welt findet, so geschieht's schon in einer anderen, und außerdem ist's ein gewaltiger Spaß, Neues zu sehen und zu vollbringen.«

»Du bist also schon in Paraguay gewesen?« fragte Candid. »Bah, natürlich, ja gewiß,« erwiderte Cacambo, »ich war Pedell im Jesuitenkollegium zu Assuncion und weiß im Gebiete der Padres so gut Bescheid wie in den Straßen von Cadix. Es ist etwas Herrliches um ihre Regierung. Ihr Reich mißt schon mehr als dreihundert Meilen im Durchmesser und ist in dreißig Provinzen geteilt. Die Padres haben dort alles und das Volk hat nichts: das Ganze ist eine wahre Meisterschöpfung der Vernunft und der Gerechtigkeit. Für mich gibt es nichts so Göttliches wie diese Padres: hier führen sie gegen den König von Spanien und den König von Portugal Krieg, und in Europa nehmen sie denselben Königen die Beichte ab, hier bringen sie die Spanier um, und in Madrid befördern sie sie in den Himmel, das entzückt mich wahrlich. Nur schnell voran, Sie werden der glücklichste Mensch von der Welt werden. Welche Freude werden die Padres nicht haben, wenn sie erfahren, daß ein Hauptmann zu ihnen kommt, der das bulgarische Exerzieren versteht.«

Sobald sie das erste Grenzgatter erreicht hatten, sagte Cacambo dem Vorposten, ein Hauptmann wünsche Seine Hochwürden den Kommandanten zu sprechen.

Die Hauptwache ward benachrichtigt und ein paraguayischer Offizier eilte zum Kommandanten, um ihm die Nachricht zu übermitteln. Candid und Cacambo wurden zunächst entwaffnet und ihre beiden andalusischen Pferde mit Beschlag belegt. Darauf wurden die beiden Ankömmlinge zwischen zwei Reihen von Soldaten entlang geführt, am Ende stand der Kommandant, den Dreimaster auf dem Kopf, den Rock aufgeknöpft, den Degen an der Seite und das Sponton in der Hand. Er gab ein Zeichen und sofort umringten achtzig Soldaten die beiden Fremden. Ein Unteroffizier sagte ihnen, sie müßten noch warten, der Kommandant könne sie noch nicht sprechen, da Seine Hochwürden der Pater Provinzial keinem Spanier erlaube, in seiner Abwesenheit den Mund aufzutun und länger als drei Stunden im Lande zu verweilen. »Und wo befindet sich der ehrwürdige Pater Provinzial?« fragte Cacambo. »Er hat eben seine Messe gelesen und nimmt jetzt eine Besichtigung über die Truppen ab, erst in drei Stunden könnt Ihr seine Sporen küssen.« »Aber«, sagte Cacambo, »der Herr Hauptmann hier, der ebenso wie ich fast vor Hunger stirbt, ist kein Spanier, sondern ein Deutscher, könnten wir da nicht frühstücken, während wir Seine Hochwürden erwarten?«

Der Unteroffizier machte auf der Stelle dem Kommandanten von dieser Unterredung Mitteilung. »Gott sei gelobt,« rief dieser, »wenn er ein Deutscher ist, darf ich mit ihm sprechen, führet ihn in meine Laube.«

Sofort ward nun Candid in ein Laubgezelt geführt, um das ein sehr hübscher Säulengang aus goldenem und grünem Marmor und ein Gitterwerk lief, hinter dem Papageien, Kolibris, Fliegenfänger, Birkhühner und noch andere seltene und seltenste Vögel gefangen saßen. Ein vortreffliches Frühstück wurde auf goldenem Geschirr aufgetragen, und während die Paraguayer draußen auf dem Felde in der

Sonnenglut Mais aus Holznäpfen aßen, betrat Seine Hochwürden der Herr Pater Kommandant die Laube.

Er war ein ausnehmend schöner junger Mann mit einem vollen, sehr weißen, rotwangigen Gesicht. Seine Brauen waren hochgewölbt, sein Auge lebhaft, seine Ohren rot, seine Lippen blühend und sein Benehmen stolz, aber weder in der Art eines Spaniers noch der eines Jesuiten. Man gab Candid und Cacambo ihre Waffen, die man ihnen abgenommen, und ebenso ihre andalusischen Pferde wieder. Cacambo fütterte sie dicht neben der Laube mit Hafer und ließ sie aus Furcht vor einer Überraschung nicht aus den Augen.

Candid küßte zuerst dem Kommandanten den Saum seines Gewandes, und darauf setzten sie sich zu Tisch. »Sie sind also ein Deutscher?« fragte ihn der Jesuit auf Deutsch. »Ja, mein hochwürdiger Pater,« antwortete Candid. Und während sie diese Worte sprachen, blickten sie einander mit äußerster Verwunderung und einer Bewegung an, deren sie kaum Herr zu werden vermochten. »Und aus welcher Gegend Deutschlands sind Sie?« fragte der Jesuit. »Aus der schmutzigen Provinz Westfalen,« erwiderte Candid; »ich bin im Schlosse Tundertentronck geboren.« »Himmel, ist es möglich?« schrie der Kommandant. »Welch ein Wunder!« rief Candid. »Sind Sie es wirklich?« fragte der Kommandant. »Nein, es ist nicht möglich,« rief Candid. Fast fielen sie alle beide auf den Rücken, und dann umarmten sie sich und vergossen Ströme von Tränen. »Wie, Sie sind es wirklich, Hochwürden, Sie, der Bruder der schönen Kunigunde, Sie, der Sie von den Barbaren getötet wurden, Sie, der Sohn des Herrn Barons, Sie stehen als Jesuit von Paraguay vor mir! Wahrlich, man muß zugeben, daß es etwas Seltsames um diese Welt ist. Oh Pangloß, Pangloß, wärest du nicht gehängt worden, wie würdest du dich freuen.«

Der Kommandant schickte die Negersklaven und Paraguayer, welche Wein in Becher aus Bergkristall schenkten, hinaus. Tausendmal dankte er Gott und dem heiligen Ignaz und schloß Candid in seine Arme, und ihre Gesichter schwammen in Tränen. »Noch erstauner und gerührter werden Sie sein,« sprach Candid, »wenn ich Ihnen nun sage, daß Ihre Schwester, die Sie aufgeschlitzt wähnten, in voller Gesundheit blüht und in Ihrer Nachbarschaft weilt.« »Wo?« »Bei dem Governador von Buenos Aires; ich meinerseits kam her, um in den Krieg zu ziehen.« Jedes neue Wort, das in dieser langen Unterredung gesprochen wurde, häufte Wunder auf Wunder. Ihre Herzen kamen auf ihre Zungen, lauschten in ihren Ohren und funkelten in ihren Augen. Da sie Deutsche waren, blieben sie lange bei Tisch, und während sie der Ankunft Seiner Hochwürden des Paters Provinzial harrten, sprach der Kommandant folgendermaßen zu seinem lieben Candid:

Fünfzehntes Kapitel
Wie Candid den Bruder seiner teuren Kunigunde tötete.

»Mein ganzes Leben werde ich den Tag nicht vergessen, an dem ich meinen Vater und meine Mutter töten und meiner Schwester Gewalt antun sah. Als die Bulgaren sich wieder verzogen hatten, war meine anbetungswürdige Schwester nirgends aufzufinden. Meinen Vater, meine Mutter, mich, zwei Mägde und zwei kleine erdrosselte Knaben legte man auf einen Karren, um uns zwei Stunden von dem Schlosse meiner Väter entfernt in einer Jesuitenkapelle beizusetzen. Ein Jesuit besprengte uns mit Weihwasser, es war schrecklich salzig. Einige Tropfen davon kamen mir in die Augen, und da sah der Pater, daß meine Lider unmerklich zuckten, er legte mir seine Hand aufs Herz und fühlte, daß es schlug: ich war gerettet, und schon nach Verlauf von drei Wochen merkte man mir nichts mehr an! Sie wissen, mein teurer Candid, daß ich ausnehmend hübsch war, und ich ward noch hübscher, so empfand denn der hochwürdige Pater Crust, der Oberprior, auch die zärtlichste Freundschaft für mich; er gab mir das Novizenkleid, und einige Zeit darauf wurde ich nach Rom gesandt. Der Pater General brauchte einen Nachwuchs junger deutscher Jesuiten. Die gebietenden Herren von Paraguay nehmen spanische Jesuiten so wenig als möglich an, sondern geben den Fremden den Vorzug, weil sie sie besser zu beherrschen glauben. Ich wurde von Seiner Hochwürden dem Pater General für würdig gehalten, diesen Weinberg des Herrn hier zu bestellen: wir reisten also ab, ein Pole, ein Tyroler und ich. Gleich nach meiner Ankunft ward mir die Ehre eines Subdiakonats und einer Leutnantsstelle zuteil, heute bin ich Obrist und Priester. Wir wollen die Truppen des Königs von Spanien schon kräftiglich empfangen, ich bürge Ihnen dafür, daß sie exkommuniziert und geschlagen werden. Die Vorsehung hat Sie zu unserem Beistande hergesandt. Ist es aber auch wirklich wahr, daß sich meine geliebte Schwester in der Nähe bei dem Governador von

Buenos Aires aufhält?« Candid schwur, daß es die reine Wahrheit sei, und wieder begannen ihre Tränen zu fließen.

Der Baron wurde nicht müde, Candid zu umarmen, und nannte ihn seinen Bruder und seinen Retter. »Ach,« sagte er, »vielleicht, mein lieber Candid, können wir zusammen in die Stadt einziehen und meine Schwester Kunigunde befreien.«

»Das ist mein einziger Wunsch,« erwiderte Candid, »denn ich trug mich mit dem Gedanken, sie zu heiraten, und erhoffe es auch heute noch.«

»Sie Unverschämter,« erwiderte der Baron, »Sie sollten die Frechheit besitzen wollen, meine Schwester zu heiraten, welche zweiundsiebzig Ahnen hat? Ich finde es überaus dreist von Ihnen, daß Sie mir von einer so anmaßenden Absicht überhaupt zu sprechen wagen.« Starr über eine derartige Äußerung erwiderte Candid: »Hochwürdiger Pater, alle Ahnen von der Welt kommen dabei nicht in Betracht. Ich befreite Ihre Schwester aus den Armen eines Juden und eines Inquisitors, sie ist mir also einigermaßen verpflichtet, und außerdem will sie mich heiraten. Magister Pangloß hat mir stets gesagt, alle Menschen seien gleich, ich werde sie also ohne alle Frage ehelichen.« »Das wollen wir noch erst sehen, du Schurke!« schrie der Jesuitenbaron von Tundertentronck, und zugleich versetzte er Candid einen tüchtigen Hieb mit der flachen Klinge ins Gesicht. Augenblicklich zog nun auch Candid seinen Degen und stieß ihn dem Jesuitenbaron bis ans Heft in den Leib; als er ihn jedoch noch rauchend wieder herauszog, fing er zu weinen an. »Ach mein Gott,« klagte er, »ich habe meinen ehemaligen Herrn, meinen Schwager habe ich getötet. Ich bin der beste Mensch von der Welt und habe schon drei Menschen umgebracht, und darunter gar zwei Priester.«

Cacambo hatte am Eingang der Laube Wache gehalten und eilte nun herzu. »Uns bleibt nichts weiter übrig, als unser Leben wenigstens so teuer wie möglich zu verkaufen,« sprach sein Herr zu ihm, »denn zweifellos wird man bald in die Laube kommen; mit den Waffen in der Hand wollen wir sterben.« Cacambo, der schon ganz andere Dinge erlebt hatte, verlor nicht derart den Kopf, er nahm das Jesuitengewand, das der Baron trug, und streifte es Candid über, setzte ihm auch den eckigen Hut des Toten auf und hieß ihn zu Pferd steigen; alles das geschah in einem Augenblick. »Auf, was die Eisen halten, Herr,« rief er, »jedermann wird Sie für einen Jesuiten nehmen, der Befehle zu überbringen hat, wir sind jenseits der Grenze, ehe man uns nachsetzen kann.« Während er diese Worte sprach, jagte er bereits dahin und schrie auf spanisch:»Platz, Platz für den hochwürdigen Pater Obrist.«

Sechzehntes Kapitel

Was den beiden Reisenden mit zwei Mädchen, zwei Affen und mit Wilden begegnete, die Ohrlappen hießen.

Candid und sein Diener waren schon längst über die Grenzgatter hinaus, ehe noch jemand im Lager etwas von dem Tode des deutschen Jesuiten erfahren hatte. Der umsichtige Cacambo hatte das Felleisen sorglichst mit Brot, Schokolade, Schinken, Früchten und einigen Maß Wein angefüllt, und sie drangen auf ihren andalusischen Pferden in ein unbekanntes Land vor, in dem sie keinen Weg zu entdecken vermochten. Endlich breitete sich eine schöne, von Bächen durchzogene Wiese vor ihnen aus, und unsere beiden Reisenden ließen ihre Reittiere darauf weiden. Cacambo schlug seinem Herrn einen Imbiß vor und ging ihm mit gutem Beispiele voran.»Wie kannst du erwarten,«sagte Candid,»daß ich Schinken esse, nachdem ich eben den Sohn des Herrn Barons getötet habe und mich dazu verdammt sehe, die schöne Kunigunde niemals in meinem Leben wiederzusehen! Was nützt es mir überhaupt, meine elenden Tage weiter zu fristen, da ich sie ja doch fern von ihr in Reue und Verzweiflung verbringen muß! Und was wird gar das Journal von Trevoux darüber sagen?«

Während er alles dieses vorbrachte, haute er jedoch nichtsdestoweniger tüchtig ein. Die Sonne sank, und die beiden Verirrten hörten ein schwaches Geschrei, das von Frauen ausgestoßen zu werden schien. Sie konnten nicht unterscheiden, ob es Schmerzenslaute oder Freudenrufe waren, aber sie sprangen in jener Unruhe und Erregtheit, welche der geringste Laut in einem fremden Lande in uns hervorbringt, auf die Füße und sahen nun, daß jenes Geschrei von zwei völlig nackten Mädchen ausgestoßen wurde, welche leichtfüßig am Rande der Wiese dahinliefen, während zwei Affen sie verfolgten und ihnen in die Hinterbacken bissen. Candid wurde von Mitleid ergriffen. Bei den Bulgaren hatte er schießen gelernt und konnte eine Haselnuß im Busche treffen, ohne die Blätter auch nur zu streifen. Er nahm also seine spanische Doppelflinte, schoß und streckte die beiden Affen nieder.»Gelobt sei Gott, mein lieber

Cacambo,« rief er,»ich habe die beiden armen Geschöpfe aus einer gar großen Gefahr errettet, und war's eine Sünde, einen Inquisitor zu töten, so habe ich sie durch die Lebensrettung zweier Mädchen gewißlich wieder gut gemacht. Vielleicht sind es Fräulein von Stande und das Abenteuer bringt uns die größten Vorteile im Land.« Er wollte fortfahren, aber das Wort erstarb ihm im Munde, als er gewahrte, wie die zwei Mädchen die beiden Affen zärtlich umarmten, über ihren toten Leibern in Tränen zerflossen und die Luft mit schmerzlichstem Wehgeschrei erfüllten.»Auf eine derartige Herzensgüte war ich allerdings nicht gefaßt gewesen,« sagte Candid schließlich zu Cacambo. Dieser erwiderte:»Sie haben da etwas Nettes angestellt, gnädiger Herr, Sie haben nämlich diesen beiden Fräuleins ihre Liebhaber getötet.«»Ihre Liebhaber, es ist nicht möglich, du machst dich über mich lustig, Cacambo. Das sollte ich dir glauben!«»Mein lieber Herr,« erwiderte nun Cacambo,»Sie setzt stets alles in Erstaunen, warum finden Sie es denn gar so absonderlich, daß es in einigen Ländern Affen gibt, denen die Gunst der Damen zuteil wird? Sie sind eben Viertelsmenschen, wie ich ein Viertelsspanier bin.«»Ach,« rief Candid, »ich entsinne mich, aus Magister Pangloß' Munde die Behauptung gehört zu haben, einstmals sei ähnliches vorgekommen und die Frucht dieser Paarungen seien Pane, Faune und Satyrn gewesen. Viele bedeutende Persönlichkeiten des Altertums sollen solche Wesen sogar gesehen haben, aber ich habe das stets für Märchen gehalten.«»Nun müssen Sie doch aber wohl oder übel überzeugt sein, daß es eine Wahrheit ist,« sagte Cacambo.»Sie sehen auch, wie Wesen, die keine bestimmte Erziehung genossen, sie sich zunutze machen! Ich fürchte jedoch, diese Damen möchten uns noch eine schlimme Suppe einbrocken.«

Diese nur allzu begründeten Befürchtungen veranlaßten Candid, die Wiese zu verlassen und sich im Buschwerk zu verbergen. Dort aß er mit Cacambo zu Nacht, und nachdem alle beide den Inquisitor von Portugal, den Governador von Buenos Aires und den Baron verflucht hatten, schliefen sie auf dem Moose ein. Beim Erwachen vermochten sie kein Glied zu rühren; das kam daher, weil die Ohrlappen, die Bewohner des Landes, an welche die beiden Damen sie verraten, sie während der Nacht mit Baststricken geknebelt hatten; sie sahen sich rings von ungefähr fünfzig völlig nackten, mit Bogen, Keulen und Steinbeilen bewaffneten Ohrlappen umgeben; die einen kochten Wasser in einem großen Kessel, andere spitzten Bratspieße zu und alle schrien:»Er ist ein Jesuit, er ist ein Jesuit, wir sind gerächt und wollen uns den Braten schmecken lassen. Hurra, Jesuitenbraten, Jesuitenbraten!«

»Hatte ich es Ihnen nicht gesagt, mein lieber Herr, daß diese beiden Mädchen uns einen üblen Streich spielen würden,« sagte traurig Cacambo. Candid bemerkte den Kochkessel und die Spieße und rief:»Wir sollen offenbar gekocht oder gebraten werden! Oh, was würde Magister Pangloß sagen, wenn er sähe, wie es hier um die unverfälschte Natur steht! Alles ist herrlich auf dieser Welt, meinetwegen, aber dennoch muß ich gestehen, daß es ein gar grausam Ding ist, Fräulein Kunigunde verloren zu haben und von den Ohrlappen an den Bratspieß gesteckt zu werden.« Cacambo verlor niemals den Kopf:»Sie brauchen noch nicht zu verzweifeln,« sagte er zu dem trostlosen Candid,»ich verstehe die Mundart dieser Völkerschaft ein wenig und will zu ihnen reden.«»Verfehle nur ja nicht, ihnen vorzuhalten, wie abscheulich unmenschlich es ist, Menschen zu rösten und wie wenig christlich dazu.«

»Meine Herren,« sagte Cacambo,»Sie scheinen sich der Hoffnung hinzugeben, heute noch einen Jesuiten zu verspeisen. Das ist recht getan, man kann in der Tat mit seinen Feinden gar nichts besseres anfangen. Das Naturrecht lehrt uns, unsere Nächsten zu töten, und so hält man es denn auch auf der ganzen Erde. Wenn das Recht, ihn auch zu verspeisen, bei uns jedoch nicht gebräuchlich ist, so kommt es daher, weil wir viele andere Dinge haben, um uns daran gütlich zu tun; Ihnen hingegen stehen die gleichen Hilfsquellen nicht zu Gebote, und sicherlich ist es verständiger, seine Feinde zu verspeisen, als die Früchte seines Sieges den Raben und Krähen preiszugeben. Ihre Freunde jedoch, meine Herren, würden Sie niemals verspeisen wollen, nicht wahr? Sie sind nun des Glaubens, einen Jesuiten an den Bratspieß zu stecken, und dabei ist er Ihr Beschützer! Sie würden in ihm den Feind Ihrer Feinde braten. Was mich angeht, so bin ich in Ihrem Lande geboren; der Herr dort ist mein Gebieter. Weit davon entfernt, ein Jesuit zu sein, hat er sogar einen Jesuiten getötet und trägt dessen Kleider, daher rührt das Mißverständnis. Um die Wahrheit dessen festzustellen, was ich Ihnen sage, brauchen Sie nur seinen Rock zu nehmen und ihn an das erste beste Grenzgatter der Padres zu tragen. Dort erkundigen Sie sich dann bitte, ob mein Herr nicht einen Jesuitenoffizier getötet hat, das nimmt Ihnen ja nur wenig Zeit, und sollten Sie finden, daß ich Sie belogen habe, so können Sie uns noch immer verspeisen, habe ich dagegen die Wahrheit gesagt, so kennen Sie, des bin ich gewiß, die Grundsätze des Völkerrechtes und die Bräuche und Sitten viel zu gut, um uns nicht Gnade widerfahren zu lassen.«

Die Ohrlappen fanden diese Rede sehr verständig, sie entsandten darum zwei Häuptlinge, um sich eiligst nach der Wahrheit zu erkundigen, und diese beiden Abgeordneten entledigten sich ihres Auftrages geschickt und klug und kehrten gar bald mit guten Nachrichten zurück. Die Ohrlappen banden ihre beiden Gefangenen los, erwiesen ihnen alle nur erdenklichen Höflichkeiten, boten ihnen ihre Mädchen an, reichten ihnen Erfrischungen, geleiteten sie bis an die Grenzen ihrer Staaten und riefen jubelnd:»Er ist kein Jesuit, er ist kein Jesuit.«

Candid konnte gar nicht müde werden, sich über den Grund seiner Befreiung zu verwundern.»Welch ein Volk,« rief er,»welche Menschen, welche Anschauungen! Hätte ich nicht das Glück gehabt, einen tüchtigen Degenstoß quer durch den Leib des Bruders der Fräulein Kunigunde zu führen, so wäre ich erbarmungslos verspeist worden. Aber im Grunde ist die unverfälschte Natur eben dennoch gut, da mir diese Leute ja, anstatt mich aufzuessen, tausend Freundlichkeiten erwiesen haben, sobald sie nur erst erfahren hatten, daß ich kein Jesuit sei.«

Siebzehntes Kapitel

Ankunft Candids und seines Dieners im Lande Eldorado und was sie dort sahen.

Als sie an die Grenzen der Ohrlappen gelangt waren, sprach Cacambo zu Candid:»Wie Sie sehen, ist diese Halbkugel um nichts besser als die andere! Das beste ist, wir kehren auf dem kürzesten Wege nach Europa zurück.«»Nach Europa zurückkehren!« rief Candid.»Und wohin, in meine Heimat kann ich nicht gehen, denn dort erwürgen die Bulgaren und die Avaren alles, was ihnen unter die Hände kommt. Gehe ich nach Portugal, werde ich verbrannt! Bleiben wir jedoch hier, so laufen wir allerdings jeden Augenblick Gefahr, an den Bratspieß gesteckt zu werden, aber wie sollte ich mich je entschließen können, den Weltteil zu verlassen, den Fräulein Kunigunde bewohnt?«

»Wenden wir uns nach Cayenne,« sagte Candid, »dort werden wir Franzosen finden, denn die trifft man überall, sie könnten uns vielleicht beistehen. Gott wird sich unser erbarmen.«

Nach Cayenne zu gelangen, war nicht so leicht; sie wußten wohl ungefähr, nach welcher Himmelsrichtung sie sich wenden mußten, aber allenthalben bildeten Gebirge, Flüsse, Abgründe, Räuber und Wilde die erschrecklichsten Hindernisse. Ihre Pferde verreckten vor Ermüdung, ihr Mundvorrat ging zu Ende, einen ganzen Monat lang nährten sie sich von wilden Früchten, und schließlich gelangten sie an das Ufer eines kleinen, von Kokospalmen eingefaßten Flüßchens. Mit den Früchten dieser Bäume fristeten sie ihr Leben und ihre Hoffnung.

Cacambo, der stets ebenso gute Ratschläge gab wie die Alte, sprach zu Candid: »Wir können nicht mehr weiter, wir haben, weiß Gott, genug marschiert, aber ich sehe dort ein leeres Boot am Ufer, wir wollen es mit Kokosnüssen anfüllen, uns selber hineinlegen und uns treiben lassen. Ein Fluß führt stets zu irgend einem bewohnten Ort, und wenn wir dort auch nicht auf etwas Angenehmes stoßen, so doch auf etwas Neues.«

»Auf,« sagte Candid, »wir wollen uns der Vorsehung anheimgeben.«

Einige Meilen lang trieben sie zwischen bald blühenden, bald dürren, bald flachen und bald steilen Gestaden dahin. Der Fluß ward breiter und breiter und verlor sich endlich unter einer Wölbung aus grausigen, himmelanstarrenden Felsen. Die beiden Reisenden waren kühn genug, sich dem Strome unter dieser Wölbung anzuvertrauen, und der an dieser Stelle eingeengte Fluß trug sie mit einer furchtbaren Schnelligkeit unter schrecklichem Brausen dahin. Nach vierundzwanzig Stunden sahen sie das Tageslicht wieder, aber ihr Boot zerschellte an Klippen. Eine ganze Stunde mußten sie sich von Fels zu Fels schwingen, und schließlich gewahrten sie einen unermeßlich gedehnten Himmelsrand, der von unübersteigbaren Gebirgen gesäumt war. Das Land rings war sowohl zur Freude wie zur Stillung der Lebensnotdurft bebaut, und überall war das Nützliche zugleich auch angenehm. Die Wege waren bedeckt oder vielmehr geschmückt mit herrlich geformten Wagen aus einem glänzenden Stoff, drinnen saßen Männer und Frauen von seltsamer Schönheit, und das Ziehen besorgten große rote Hammel, die an Schnelligkeit die schönsten Pferde von Andalusien, Tetuan und Mequinez übertrafen.

»Also dennoch endlich ein Land, das schöner ist als Westfalen,« rief Candid. In der Nähe des ersten Dorfes, das sie antrafen, betrat er mit Cacambo den Boden. Ein paar in völlig; zerfetzten Goldbrokat gekleidete Jungens spielten am Eingang des Fleckens Steinwerfen, und unsere beiden Freunde aus der anderen Welt ergötzten sich an diesem Anblick. Die Steine, mit denen die Jungen spielten, waren ziemlich breit und rund und gelb, rot und grün, und glitzerten gar seltsam. Es kam den Reisenden die Lust an, einige dieser Steine aufzuheben, sie hielten Gold und Smaragd und Rubine in den Händen, deren kleinster am Thron des Mogul ein kostbarster Schmuck gewesen wäre. »Zweifelsohne sind diese Knaben, die hier Steinwerfen spielen, die Söhne des Landeskönigs,« sagte Cacambo. In diesem Augenblick erschien der Dorfschulmeister, um sie in die Schule zu jagen. »Dort kommt der Hofmeister der königlichen Familie,« sagte Candid.

Die kleinen Strolche hörten sofort zu spielen auf und ließen ihre Wurfsteine und womit sie sich sonst noch vergnügt hatten, am Boden liegen. Candid hob alles auf und lief dem Hofmeister nach, reichte es ihm ehrerbietig und gab ihm durch Zeichen zu verstehen, daß ihre königlichen Hoheiten ihr Gold und ihre Edelsteine vergessen hätten. Der Dorfschulmeister ließ die Steine lächelnd zu Boden fallen, blickte Candid einen Augenblick lang äußerst überrascht ins Gesicht und setzte dann seinen Weg fort.

Die Reisenden verfehlten nicht, das Gold, die Rubine und die Smaragde aufzulesen. »Wo sind wir nur?« rief Candid, »die Kinder der Könige dieses Landes müssen gar gut erzogen werden, da man sie lehrt, Gold und Edelsteine zu verachten.« Cacambo war ebenso verwundert wie Candid. Sie gelangten schließlich vor das letzte Haus des Dorfes. Es war wie ein europäischer Palast erbaut. Vor der Tür und noch mehr im Innern drängte sich eine große Menschenmenge. Man vernahm eine überaus wohltuende Musik, und ein lieblicher Küchengeruch schwängerte die Luft. Cacambo näherte sich der Tür und hörte, daß man peruvianisch sprach, das war seine Muttersprache, denn wie jedermann weiß, war Cacambo in Tucuman geboren, einem Dorfe, in dem man keine andere Sprache kennt. »Treten wir ein,« sagte er zu Candid, »es ist ein Wirtshaus, ich will Ihnen als Dolmetscher dienen.«

Sofort luden sie zwei in Goldstoffe gekleidete Kellner und Kellnerinnen, deren Haare mit Bändern umwunden waren, ein, am Gasttische Platz zu nehmen. Man trug vier mit je zwei Papageien garnierte Suppen auf, einen gekochten zweihundert Pfund schweren Geier, zwei gebratene Affen von ausgezeichnetem Geschmack, dreihundert Kolibris und sechshundert Fliegenfänger je auf einer Schüssel, auserlesene Ragouts und köstliche Backwaren und das alles in Schüsseln aus einer Art Bergkristall, und unaufhörlich gössen die Kellner und Kellnerinnen die verschiedensten Zuckerrohrliköre ein.

Die Gäste waren fast alle über die Maßen höfliche Kaufleute und Wagenführer, die alle mit behutsamster Zurückhaltung an Cacambo einige Fragen richteten und die seinen auf die zuvorkommendste Weise beantworteten.

Nach Beendigung der Mahlzeit glaubten Cacambo sowohl wie Candid ihre Zeche reichlich zu bezahlen, indem sie zwei jener großen Goldstücke, die sie aufgehoben, auf den Gasttisch warfen. Der Wirt und die Wirtin brachen in lautes Gelächter aus und hielten sich lange die Seiten. Endlich faßten sie sich.»Meine Herren,« sprach der Wirt,»wir sehen wohl, daß Sie Fremdlinge sind, und das begegnet uns nicht oft, verzeihen Sie daher, daß wir zu lachen anfingen, als Sie uns als Bezahlung die Kieselsteine unserer Landstraßen anboten! Wahrscheinlich haben Sie noch keine Landesmünze, aber um hier zu essen, bedarf es dessen auch gar nicht, alle zur Bequemlichkeit der Handeltreibenden eingerichteten Gasthäuser werden von der Regierung bezahlt. Sie haben hier nicht allzu gut gespeist, weil Sie sich in einem armen Dorfe befinden, überall sonst jedoch werden Sie geziemend aufgenommen werden.« Cacambo verdolmetschte Candid die Rede des Wirtes, und dieser vernahm sie mit derselben Verwunderung und Verwirrung, mit der sein Freund Cacambo sie ihm vortrug.»Was muß das nur für ein Land sein?« riefen beide,»ein Land, das der ganzen übrigen Welt unbekannt, und dessen Natur so völlig anders geartet ist als jene, die wir kennen. Wahrscheinlich ist es das Land, wo alles zum besten eingerichtet ist, denn eines dieser Art muß notwendig irgendwo sein, und was Meister Pangloß auch darüber sagen mag, ich habe nur allzu oft wahrgenommen, daß es in Westfalen um alles gar herzlich schlecht bestellt ist.«

Achtzehntes Kapitel

Was sie im Lande Eldorado sahen.

Cacambo bekannte dem Wirt seine ganze Neugierde. Der Wirt erwiderte:»Ich meinerseits bin äußerst unwissend und befinde mich sehr wohl dabei, aber es lebt hier ein alter Greis, der sich von Hofe zurückgezogen hat. Er ist der gelehrteste Mann des Landes und sehr mitteilsam.« Und sofort führte er Cacambo zu dem Greise. Candid spielte nur noch die zweite Rolle und zog hinter seinem Diener drein. Sie betraten ein sehr schlichtes Haus, denn die Tür war nur aus Silber und die Täfelung nur aus Gold, diese jedoch war mit solchem Geschmacke geschnitzt, daß die reichsten europäischen Täfelungen daneben nicht zu bestehen vermocht hätten. Das Vorzimmer war allerdings nur mit Rubinen und Smaragden ausgelegt, aber die Anordnung der Reihen und Verflechtungen war so trefflich, daß man die ungemeine Einfachheit darüber vergaß.

Der Greis empfing die beiden Fremden auf einem mit Kolibrifedern ausgestopften Sofa und ließ ihnen in Diamantgläsern Liköre vorsetzen. Darauf befriedigte er ihre Wißbegier mit den folgenden Ausführungen: »Ich bin einhundertundzweiundsiebzig Jahre alt und habe von meinem verstorbenen Herrn Vater, dem Stallmeister des Königs, noch von den erstaunlichen Revolutionen in Peru sprechen gehört, deren Augenzeuge er gewesen. Das Reich, in dem wir uns hier befinden, ist das alte Vaterland der Inkas, die es sehr unklugerweise verließen, um sich einen Teil der Welt zu erobern, und die dann schließlich von den Spaniern vernichtet wurden.

Die Fürsten ihres Geschlechts, welche in ihren Geburtsländern verblieben, waren weiser; unter Zustimmung ihres ganzen Volkes befahlen sie, daß fortan niemals mehr ein Einwohner unser kleines Königreich verlassen dürfte. Dieses Gebot hat uns unsere Unschuld und unsere Glückseligkeit erhalten. Die Spanier haben eine dunkle Ahnung von unserem Lande gefaßt und es Eldorado genannt, und ein Engländer, Ritter Raleigh mit Namen, hatte sich ihm vor ungefähr hundert Jahren sogar genähert. Da wir jedoch von unzugänglichen Felsen und Abgründen umschlossen sind, sind wir bisher stets von der Raubgier der europäischen Völker verschont geblieben, als welche alle eine unbegreifliche Sucht nach den Steinen und dem Schlamme unseres

Bodens haben und uns um dieses Besitzes willen bis auf den letzten Mann töten würden.«

Die Unterhaltung dauerte sehr lange, drehte sich um die Verfassung, die Sitten, die Frauen, die öffentlichen Schauspiele und die Künste, und endlich ließ Candid, der stets eine besondere Neigung zur Metaphysik hatte, durch Cacambo fragen, ob es eine Religion im Lande gäbe? Der Greis errötete ein wenig:»Wie denn? Könnten Sie daran zweifeln,« sagte er,»halten Sie uns für undankbar?« Cacambo fragte nun ehrerbietig, welche Religion Eldorado besäße? Wieder errötete der Greis:»Kann es denn überhaupt«, fragte er,»zwei Religionen geben? Wie ich glaube, bekennen wir uns zu der Religion, zu der sich die ganze Welt bekennt, wir verehren Gott vom Morgen bis zum Abend.«»Beten Sie nur einen einzigen Gott an?« fragte Cacambo, der ein steter Dolmetscher der Zweifel Candidens war.»Offenbar gibt es ihrer weder zwei, noch drei, noch vier,« erwiderte der Greis,»ich muß Ihnen gestehen, daß Leute aus Ihrer Welt gar absonderliche Fragen stellen.« Candid konnte es gar nicht müde werden, sich bei diesem gütigen Greise nach allem zu erkundigen, und so wollte er denn auch wissen, wie man in Eldorado zu Gott bete.»Wir bitten nicht,« erwiderte der gute ehrwürdige Weise,»wir haben ihn um nichts zu bitten, er hat uns alles gegeben, dessen wir bedürfen, wir danken ihm nur ohne Unterlaß.« Candid war neugierig genug, Priester sehen zu wollen, und fragte, wo sie sich aufhielten. Der gute Greis lächelte:»Meine Freunde, wir alle sind Priester, der König und alle Familienhäupter singen jeden Morgen Dankeshymnen, und fünf- oder sechstausend Musiker begleiten sie.« »Wie, Sie haben keine Mönche, welche lehren, streiten, herrschen, Kabalen spinnen und die Leute verbrennen lassen, die nicht einer Meinung mit ihnen sind?«»Wir müßten ja toll sein,« erwiderte der Greis,»wir sind alle einer Meinung und verstehen nicht, was Ihr mit Euren Mönchen sagen wollt.« Candid geriet über all diese Mitteilungen außer sich und sprach zu sich selber: das alles ist doch recht verschieden von Westfalen und dem Schlosse des Herrn Barons; hätte unser Freund Pangloß Eldorado gesehen, so würde er nicht mehr behaupten, das Schloß Tundertentronck sei das beste, was es auf Erden gibt! Man muß ohne Frage Reisen machen.

Nach dieser langen Unterredung ließ der Greis einen Wagen mit sechs Hammeln bespannen und gab den beiden Reisenden zwölf seiner Diener zur Begleitung mit, um sie nach Hofe zu bringen.

»Entschuldigen Sie,« sprach er zu ihnen,»wenn mein Alter mich zum Verzicht auf die Ehre zwingt, Sie zu begleiten. Der König wird Sie so aufnehmen, daß Sie zufrieden sein können, und Sie werden es den Bräuchen des Landes freundlichst nachsehen, wenn Ihnen einige darunter mißfallen sollten.« Candid und Cacambo bestiegen den Wagen, die sechs Hammel flogen dahin, und in weniger als vier Stunden gelangten sie vor den Palast des Königs, der am Ende der Hauptstadt gelegen war. Das Eingangsportal maß zweihundertundzwanzig Fuß in der Höhe und hundert in der Breite, das Material, aus dem es gefertigt, ließ sich nicht bestimmen: welche außerordentliche Kostbarkeit es jedoch vor jenen Kieseln und jenem Sande voraus hatte, die wir Gold und Edelsteine nennen, war ohne weiteres offenbar.

Zwanzig schöne Mädchen der Leibgarde empfingen Candid und Cacambo beim Verlassen des Wagens, führten sie in die Bäder und legten ihnen Gewänder an, die aus Kolibridaunen gewirkt waren. Darauf geleiteten sie die hohen Würdenträger und Würdenträgerinnen der Krone durch zwei aus je tausend Musikern bestehende Reihen dem gewöhnlichen Brauche gemäß in das Gemach Seiner Majestät. Als sie sich dem Thronsaal näherten, fragte Cacambo einen der Würdenträger, wie man sich bei der Begrüßung Seiner Majestät zu benehmen habe, ob man sich vor ihm nur ins Knie senke oder platt auf den Bauch lege, ob man die Hände an den Kopf oder auf den Hintern lege, ob man den Staub des Saales auflecke, mit einem Wort, welcher Art der gebräuchliche Gruß sei.»Der Brauch verlangt,« erwiderte der Würdenträger,»daß man den König umarme und ihn auf beide Wangen küsse.« Candid und Cacambo sprangen Seiner Majestät also an den Hals, und Seine Majestät empfing sie mit aller nur erdenklichen Huld und lud sie aufs höflichste zum Abendessen ein.

Unterdessen zeigte man ihnen die Stadt, die öffentlichen, bis in die Wolken hinaufragenden Gebäude, die mit tausend Säulen geschmückten Marktplätze und die Springbrunnen mit klarem Wasser, die Springbrunnen mit Rosenwasser und die Springbrunnen mit Zuckerrohrlikören, welche unaufhörlich in großen, mit einer Art Edelsteinen ausgepflasterten Becken sprudelten und einen Duft verbreiteten, der dem von Gewürznelken und Zimt ähnlich war. Candid wünschte den Justizpalast und das Parlamentsgebäude zu sehen, man erwiderte ihm, dergleichen gäbe es nicht, da niemals Prozesse geführt würden. Darauf erkundigte sich Candid, ob es Gefängnisse gäbe, und man verneinte es. Was ihn jedoch noch mehr überraschte und ihm die größte Freude bereitete, war der Palast der Wissenschaften, in welchem er eine zweitausend Schritt lange Galerie sah, die ganz mit mathematischen und physikalischen Instrumenten angefüllt war.

Nachdem sie den ganzen Nachmittag über ungefähr den tausendsten Teil der Stadt besichtigt hatten, führte man sie zum Könige zurück. Candid nahm zwischen Seiner Majestät, seinem Diener Cacambo und mehreren Damen Platz. Niemals ist wohl an einer Tafel besser gespeist und niemals dabei mehr Geist gezeigt worden, als Seine Majestät es tat. Cacambo verdolmetschte Candid die witzigen Einfälle des Königs, und sogar in der Übersetzung blieben sie, was sie waren, nämlich witzig. Bei allem, was Candid in Erstaunen versetzte, erstaunte ihn dieser Umstand nicht zum geringsten.

Sie verbrachten einen Monat in dem gastfreien Lande. Candid wurde nicht müde, zu Cacambo zu sprechen:»Noch einmal, mein Freund, ja, es ist wahr, das Schloß, in dem ich geboren, darf sich mit dem Lande, in dem wir weilen, nicht vergleichen, aber schließlich ist Fräulein Kunigunde nicht hier, und auch du wirst sicherlich in Europa ein Liebchen zurückgelassen haben. Bleiben wir hier, so sind wir hier eben nur, was die anderen sind, kehren wir dagegen in unsere Welt zurück und nehmen nur zwölf mit den Straßenkieseln Eldorados beladene Hammel mit, so werden wir reicher sein, als alle Könige zusammengenommen, und brauchen dann keinen Inquisitor mehr zu fürchten und könnten auch Fräulein Kunigunde gar leicht zurückgewinnen.«

Diese Worte behagten Cacambo. Eine gar so schöne Sache ist's ums Reisen und gar so erfreulich, von den Seinen angestaunt zu werden und sich mit dem zu brüsten, was man auf seinen Reisen gesehen hat, daß die beiden Glücklichen beschlossen, ihrem Glück ein Ende zu setzen und bei Seiner Majestät um ihre Verabschiedung einzukommen.

»Sie begehen eine Dummheit,« sprach der König zu ihnen.»Ich weiß wohl, daß mein Land nicht viel zu bedeuten hat, aber wenn es einem irgendwo leidlich geht, so soll man dort bleiben. Ich habe sicherlich kein Recht, Fremdlinge zurückzuhalten, das wäre eine Tyrannei, die weder in unseren Sitten noch in unseren Gesetzen liegt. Alle Menschen sind frei, reisen Sie also, wenn Sie es durchaus wollen, aber der Weg ist einigermaßen schwierig.

Den reißenden, unter Felsenwölbungen dahinschießenden Strom, den Sie wie durch ein Wunder hinabgefahren sind, können Sie unmöglich hinauffahren. Die Gebirge, welche allenthalben mein Reich einschließen, sind zehntausend Fuß hoch und steil wie Mauern, ein jedes von ihnen hat eine Breite von mehr als zehn Meilen und der Abstieg verliert sich in bodenlose Schluchten. Da Sie jedoch durchaus reisen wollen, will ich den Maschinenbaumeistern Befehl geben, eine Maschine zu erbauen, die Sie bequem befördern soll. Sind Sie jedoch erst einmal auf die jenseitigen Hänge der Gebirge gelangt, so kann Sie niemand mehr begleiten, denn meine Untertanen haben geschworen, ihre Umfriedigung niemals zu verlassen, und sie sind viel zu verständig, um diesen Schwur zu brechen. Sonst jedoch mögen Sie sich von mir erbitten, wonach Sie nur irgend Verlangen tragen.«»Wir bitten Eure Majestät nur um einige mit Lebensmitteln, Kieseln und mit dem Schlamm des Landes beladene Hammel,« sagte Cacambo. Der König lachte.»Ich begreife nicht,« sagte er,»was Ihr Europäer an unserem gelben Straßenschmutz Gefallen finden könnt, aber schleppen Sie meinethalben soviel davon mit sich, wie Sie wollen, und möge er Ihnen Segen bringen.«

Auf der Stelle befahl er dann seinen Baumeistern, eine Maschine zu verfertigen, um die beiden seltsamen Männer aus seinem Reiche hinauszuwinden. Dreitausend tüchtige Meister bauten daran, sie war innerhalb vierzehn Tagen fertig und kostete nicht mehr als zwanzig Millionen Pfund Sterling Landesmünze. Candid und Cacambo wurden auf die Maschine gesetzt und fanden dort bereis zwei große, rote, gesattelte und gezäumte Hammel vor, die ihnen nach dem Überschreiten der Gebirge als Reittiere dienen sollten, ferner zwanzig mit Lebensmitteln beladene Packhammel, dreißig, welche die größten Seltsamkeiten des Landes als Geschenke trugen, und fünfzig waren mit Gold, Edelsteinen und Diamanten beladen. Der König umarmte die beiden Landstreicher aufs herzlichste.

Ihre Abreise und die geistvolle Weise, in der sie und ihre Hammel bis zur Höhe der Gebirge emporgewunden wurden, gab ein schönes Schauspiel. Die Physiker verabschiedeten sich von ihnen, nachdem sie sie in Sicherheit gebracht, und Candid kannte nun keinen anderen Wunsch und kein anderes Ziel mehr, als Fräulein Kunigunden seine Hammel vorzuführen.»Wir haben nun genug,« rief er,»um den Governador von Buenos Aires zu bezahlen, wenn für Fräulein

Kunigunde denn überhaupt ein Preis angesetzt werden kann. Gehen wir zunächst nach Cayenne und schiffen wir uns dort ein. Später werden wir dann schon sehen, welches Königreich wir uns kaufen können.«

Neunzehntes Kapitel
Was ihnen in Surinam widerfuhr und wie Candid mit Martin bekannt wurde.

Der erste Tag verlief für unsere Reisenden überaus angenehm. Das Bewußtsein, im Besitze größerer Schätze zu sein, als Asien, Europa und Afrika zusammen aufzuweisen vermochten, ermutigte sie. Candid ritzte in seinem Freudenüberschwange den Namen Kunigunden in alle Bäume ein. Am zweiten Tage gerieten zwei ihrer Hammel in Sümpfe und versanken darin mitsamt ihren Lasten; einige Tage später verreckten zwei weitere Hammel vor Ermattung, sechs oder sieben gingen dann in einer Wüste vor Hunger ein, wieder einige Tage später stürzten wieder einige andere in einen Abgrund, so daß ihnen schließlich nach hundert Marschtagen nur noch zwei Hammel blieben. Candid sprach zu Cacambo: »Du siehst, mein Freund, wie vergänglich die Reichtümer dieser Welt sind, nur die Tugend und das Glück, Fräulein Kunigunde wiederzusehen, sind beständig.« »Ich gebe es zu,« sagte Cacambo, »schließlich sind uns aber doch noch zwei Hammel mit mehr Schätzen geblieben, als der König von Spanien jemals besitzen wird, und dort ganz hinten in der Ferne sehe ich eben eine Stadt auftauchen, wahrscheinlich ist es das in holländischem Besitz befindliche Surinam. Wir stehen nun am Ende unserer Leiden, und unsere Glückseligkeit beginnt.«

Als sie der Stadt nahe gekommen, begegneten sie einem auf dem Boden liegenden Neger, der nur noch die eine Hälfte seiner Bekleidung anhatte, nämlich eine blauleinene Hose, ferner fehlten dem armen Manne das linke Bein und die rechte Hand. »Mein Gott,« rief Candid auf holländisch, »was treibst du denn hier in solch schauerlichem Zustande, mein Freund?« »Ich warte auf meinen Herrn, den Herrn Vanderdendur, den bekannten Kaufherrn,« erwiderte der Neger. »Hat dich gar Herr Vanderdendur so zugerichtet?« fragte Candid.

»Ja, Herr,« antwortete der Neger, »das ist so der Brauch. Man gibt uns als ganze Kleidung zweimal jährlich eine Leinwandhose, und wenn wir in den Zuckermühlen arbeiten und das Rad reißt uns einen Finger weg, so schneidet man uns die ganze Hand ab, und wollen wir fliehen, so kommt das Bein heran, ich habe mich in beiden Fällen befunden. Um diesen Preis essen Sie Zucker in Europa! Als mich meine Mutter jedoch für zehn flandrische Taler an der Küste von Guinea verkaufte, sprach sie also zu mir: Mein liebes Kind, segne unsere Fetische und höre niemals auf, sie anzubeten, sie werden dir zu einem glücklichen Leben verhelfen. Dir wird die Ehre zuteil, ein Sklave unserer Herrn, der Weißen, zu sein, und dadurch wirst du das Glück deines Vaters und deiner Mutter. Ach, ich weiß nicht, ob ich ihnen zum Glücke verholfen habe, mir jedenfalls haben sie es nicht getan! Die Hunde, Affen und Papageien sind tausendmal weniger unglücklich als wir. Die holländischen Fetische, die mich bekehrt haben, sagen mir an jedem Sonntage, wir alle, Weiße und Schwarze, seien Adams Kinder. Ich bin kein Genealog; wenn diese Prediger jedoch die Wahrheit reden, so sind wir alle Geschwisterkinder, dann müssen Sie mir aber zugeben, daß man seine Anverwandten gar nicht schrecklicher behandeln kann.«

»Oh Pangloß,« rief Candid aus, »solche Greuel hast du nicht geahnt! Es hilft nun nichts mehr, ich muß schließlich doch auf meinen Optimismus verzichten.« »Was ist das: Optimismus?« fragte Cacambo. »Ach,« erwiderte Candid, »es ist die rasende Tollheit, zu behaupten, alles sei zum besten eingerichtet, wenn es einem gerade herzlich schlecht ergeht.« Und er blickte den Neger an und vergoß Tränen, und weinend betrat er Surinam.

Zu allererst erkundigten sie sich, ob es im Hafen kein Schiff gäbe, das man nach Buenos Aires schicken könne. Der, an den sie sich gewandt hatten, war nun just ein spanischer Kaufherr, und er erklärte sich bereit, einen ehrlichen Vertrag mit ihnen abzuschließen. Er bestellte sie auf eine bestimmte Stunde in ein Wirtshaus, und Candid und der treue Cacambo begaben sich hin, um ihn dort mit ihren Hammeln zu erwarten.

Candid, der das Herz auf den Lippen trug, erzählte dem Spanier von allen seinen Abenteuern und gestand ihm, daß er die Absicht hege, Fräulein Kunigunde zu entführen. »Dann werde ich mich schwer hüten, Sie nach Buenos Aires zu bringen,« sagte der Schiffsherr, »ich würde gehängt werden und Sie dazu, die schöne Kunigunde ist die Lieblingsgeliebte Seiner Gnaden.« Das war ein Donnerschlag für

Candid, er weinte lange. Endlich nahm er Cacambo beiseite:»Mein lieber Freund,«sprach er zu ihm,»du mußt nun folgendes tun: jeder von uns trägt für fünf oder sechs Millionen Diamanten in seiner Tasche, und du bist geschickter als ich, geh und hole Fräulein Kunigunde aus Buenos Aires. Macht der Governador Schwierigkeiten, so gib ihm eine Million, und gibt er dann noch nicht nach, so gib ihm zwei. Du hast keinen Inquisitor getötet, dir wird man nicht mißtrauen. Ich will ein anderes Schiff ausrüsten lassen und dich in Venedig erwarten; das ist ein freies Land, wo man nichts zu fürchten hat, weder von den Bulgaren, noch von den Avaren, noch von den Juden, noch von den Inquisitoren.« Cacambo begrüßte diesen weisen Entschluß: zwar war er verzweifelt darüber, sich von seinem guten Herrn, der sein inniger Freund geworden, trennen zu müssen, aber die Freude, ihm nützlich sein zu dürfen, siegte doch über den Schmerz ob, sich von ihm zu scheiden. Tränen vergießend, umarmten sie sich, und Candid legte ihm ans Herz, doch ja nicht die gute Alte zu vergessen. Cacambo reiste noch am selben Tage ab: er war wirklich ein guter Mensch, dieser Cacambo.

Candid blieb noch einige Zeit in Surinam und wartete, bis ein anderer Schiffspatron sich bereit fände, ihn und die beiden Hammel, die ihm noch geblieben waren, nach Italien zu bringen. Er nahm Diener an und kaufte alles ein, was ihm für eine so lange Reise notwendig dünkte. Endlich stellte sich ihm der Besitzer eines großen Schiffes, Herr Vanderdendur, vor.»Wieviel verlangen Sie,«fragte er den Mann,»um mich geraden Wegs, mich, meine Leute, mein Gepäck und die beiden Hammel, nach Venedig zu bringen?« Der Schiffsherr forderte zehntausend Piaster, und Candid war einverstanden.

»Oh, oh,«sprach der schlaue Vanderdendur zu sich selber,»dieser Fremde gibt so ohne weiteres zehntausend Piaster, er muß also wohl sehr reich sein.« Einen Augenblick darauf kam er dann zurück und erklärte, er könne unter zwanzigtausend nicht abfahren.»Wohlan, Sie sollen sie haben,«sagte Candid.

»Potztausend,«sagte sich da der Kaufmann leise,»dieser Mann gibt zwanzigtausend Piaster ebenso leicht hin wie zehn.« Er kehrte also noch einmal um und behauptete, unter dreißigtausend Piastern Candid nicht nach Venedig bringen zu können.»So sollen Sie also dreißigtausend bekommen,«erwiderte Candid.

»Oh, oh,«zischelte der holländische Kaufmann in sich hinein,»dreißigtausend Piaster sind für den Mann da wie ein Pfifferling.

Zweifelsohne tragen die beiden Hammel unermeßliche Schätze. Doch gehen wir vorerst nicht weiter, lassen wir uns zunächst ruhig die dreißigtausend Piaster aushändigen, das übrige wird sich schon finden.« Candid verkaufte zwei kleine Diamanten, deren kleinster mehr wert war als die Summe, die der Schiffspatron verlangt hatte. Er bezahlte ihn im voraus, die beiden Hammel wurden eingeschifft, und Candid fuhr in einem kleinen Boote hinterher, um das Schiff auf der Reede zu erreichen. Der Schiffsherr jedoch benutzte die Zeit, spannte die Segel und stach bei günstigstem Winde in See. Der bestürzte und verblüffte Candid verlor ihn gar bald aus dem Gesicht. »Ach,« rief er, »dieser Streich ist wahrlich der alten Welt würdig.« Schmerzversunken kehrte er ans Ufer zurück, denn er hatte doch immerhin soviel verloren, um zwanzig Könige damit reich zu machen.

Schleunigst begab er sich zum holländischen Richter, und da er noch ein wenig erregt war, klopfte er heftig an die Tür, trat ein und legte seine Sache vor und sprach wohl ein wenig lauter, als schicklich war. Der Richter fing damit an, ihn wegen des verursachten Lärms zehntausend Piaster zahlen zu lassen, darauf hörte er ihn geduldig an und versprach ihm, seine Angelegenheit zu prüfen, sobald der Kaufmann zurückgekehrt sein würde, und dann ließ er sich weitere zehntausend Piaster Gerichtskosten aushändigen.

Dieses Verfahren brachte Candid vollends zur Verzweiflung; er hatte in Wirklichkeit ja schon tausendmal schmerzlicheres Mißgeschick ertragen, aber die Unverfrorenheit des Richters und des Schiffpatrons, der ihn bestohlen, erregte ihm die Galle und versenkte ihn in düstere Schwermut. Die Bösartigkeit der Menschen schwebte seinem Geist in ihrer ganzen Häßlichkeit vor, und er nährte fortan nur noch trübe Gedanken. Endlich hißte ein französisches Schiff die Wimpel, um nach Bordeaux in See zu stechen, und da Candid keine mit Diamanten beladene Hammel mehr zu verladen hatte, nahm er eine Schiffskajüte zum üblichen Preise und ließ in der Stadt bekannt machen, er würde jedem ehrlichen Manne, der ihn begleiten wolle, freie Reise, freien Unterhalt und dazu noch zweitausend Piaster gewähren, unter der einzigen Bedingung, daß dieser Mann den größten Überdruß an seinem Dasein empfinde und der unglücklichste Mensch des Landes sei.

Es meldete sich eine derartige Menge von Bewerbern, daß eine ganze Flotte sie nicht zu fassen vermocht hätte. In der Absicht, unter den berechtigtsten eine engere Wahl zu treffen, schied Candid ungefähr zwanzig aus, die ihm einigermaßen gesellig erschienen, und von denen ein jeder den Vorzug zu verdienen behauptete. Er versammelte sie in einem Wirtshause und ließ ihnen unter der Bedingung, daß jeder den Schwur leiste, getreu seine Lebensgeschichte zu erzählen, ein Nachtmahl mit dem Versprechen auftragen, denjenigen von ihnen auszuwählen, der ihm am bejammernswertesten und über sein Los mit dem meisten Recht verzweifelt zu sein schiene, den anderen verhieß er Geschenke.

Die Sitzung dauerte bis vier Uhr morgens. Als Candid alle die Lebensschicksale vernahm, mußte er an das denken, was die Alte ihm auf dem Wege nach Buenos Aires gesagt, und an die Wette, die sie eingegangen, daß sich nämlich niemand auf dem Schiffe befinden würde, dem nicht bereits großes Unglück widerfahren, und auch an Pangloß mußte er bei jedem Unglück denken, das ihm erzählt wurde. »In welche Enge würde Pangloß nicht geraten,« rief er aus, »müßte er hier sein System vertreten! Ach, ich wünschte, er wäre hier! Einzig und allein in Eldorado ist alles zum besten eingerichtet, sonst aber nirgends auf der Welt.« Zuletzt entschied er sich zugunsten eines armen Gelehrten, der schon zehn Jahre lang für die Verleger in Amsterdam gearbeitet hatte. Er meinte nämlich, es könne in der Welt keinen Beruf geben, der größeren Ekel einflößen müsse als dieser.

Der Gelehrte, sonst übrigens ein wirklich guter Mensch, war von seiner Frau bestohlen, von seinem Sohn geschlagen und von seiner Tochter, die mit einem Portugiesen durchgegangen, verlassen worden. Einer kleinen Stellung, von der er gelebt, war er soeben verlustig gegangen, und die Priester von Surinam verfolgten ihn, weil sie ihn für einen Socinianer hielten. Es muß zugegeben werden, daß die anderen mindestens ebenso unglücklich waren wie er, aber Candid hoffte, der Gelehrte würde ihn auf der Reise zerstreuen. Alle anderen Bewerber fanden, daß Candid eine große Ungerechtigkeit wider sie begehe, aber er beschwichtigte sie durch ein Geschenk von hundert Piastern für jeden.

Zwanzigstes Kapitel

Was Candid und Martin auf dem Meere begegnete.

Der alte Gelehrte, Martin mit Namen, stach also mit Candid nach Bordeaux in See. Beide hatten sie viel gesehen und viel gelitten, und wäre das Schiff auch von Surinam um das Kap der guten Hoffnung nach Japan gesegelt, sie hätten doch genug Stoff gehabt, sich während der ganzen Reise über das geistige und physische Leiden zu unterhalten.

Candid hatte indessen vor Martin insofern sehr viel voraus, als er noch immer die Hoffnung auf ein Wiedersehen mit Fräulein Kunigunde nährte, während Martin überhaupt nichts mehr zu hoffen hatte, mehr noch, er besaß Gold und Diamanten, und obgleich er hundert große, rote, mit den größten Schätzen der Erde beladene Hammel eingebüßt, obgleich die Spitzbüberei des holländischen Schiffspatrons noch immer auf seinem Herzen lastete, so neigte er doch, vor allem gegen das Ende der Mahlzeiten, wenn er daran dachte, wie viel noch in seinem Beutel geblieben und wenn er von Kunigunden sprach, zum Systeme des Pangloß.

»Aber Sie, Herr Martin,« sagte er zu dem Gelehrten, »wie denken Sie über alles dieses, welche Anschauungen hegen Sie über das physische und geistige Leiden?« »Herr Candid,« erwiderte Martin, »die Priester beschuldigten mich, ein Socinianer zu sein, in Wahrheit aber bin ich ein Manichäer!« »Sie machen sich über mich lustig,« sagte Candid, »es gibt ja keine Manichäer mehr auf der Welt.« »Es gibt mich,« erwiderte Martin, »und wie ich es auch anstelle, ich vermag nicht anders zu denken!« »Sie müssen schon den Teufel im Leibe haben,« sagte Candid. »Er mischt sich so gründlich in die Angelegenheiten dieser Welt,« entgegnete Martin, »daß er ebenso wie überall auch gar gut in meinem Leibe sein könnte. Ich muß Ihnen gestehen, wenn ich einen Blick auf diese Erdkugel oder vielmehr auf dieses Erdkügelchen werfe, so kommt mir der Gedanke, Gott müsse es irgend einem bösartigen Wesen preisgegeben haben: Eldorado nehme ich stets davon aus! Ich habe nicht eine einzige Stadt gesehen, die nicht den Untergang der Nachbarschaft gewünscht, keine Familie, die nicht den Zerfall einer anderen begehrt hätte. Allenthalben verabscheuen die Schwachen die Mächtigen und kriechen vor ihnen, und die Mächtigen behandeln sie wie Herden, deren Wolle und Fleisch man verkauft. Eine Million in Scharen geordnete

Mörder durchziehen Europa von einem Ende zum anderen und üben Mord und Räuberei mit Fug und Recht, um ihr Brot zu verdienen, weil es kein ehrlicheres Gewerbe gibt; und in den Städten, die sich des Friedens zu erfreuen scheinen und in denen die Künste blühen, werden die Menschen von mehr Süchten, Sorgen und Drangsalen verzehrt, als eine belagerte Stadt an Heimsuchungen auszustehen hat. Heimliches Ungemach ist noch weit grausamer als offenkundiges Elend, mit einem Wort, ich habe davon soviel gesehen und selber erlitten, daß ich Manichäer geworden bin.«

»Überall gibt es auch Gutes,« warf Candid ein. »Mag sein,« entgegnete Martin, »mir jedoch ist es niemals begegnet.«

Mitten in dieser Unterhaltung wurde plötzlich Kanonendonner vernehmlich und wuchs von Augenblick zu Augenblick. Jedermann ergriff sein Fernglas, und man wurde zweier Schiffe gewahr, die in einer Entfernung von drei Meilen gegeneinander kämpften; der Wind trieb beide so dicht an das französische Schiff heran, daß den Insassen das Vergnügen zuteil ward, dem Kampfe in größter Behaglichkeit zuzuschauen. Schließlich gab das eine der beiden Schiffe auf das andere eine so wohlgezielte, tief treffende Ladung ab, daß es in den Grund gebohrt wurde. Candid und Martin sahen auf dem Verdeck des sinkenden Schiffs deutlich etwa hundert Menschen, welche die Arme zum Himmel emporhoben und ein fürchterliches Jammergeschrei ausstießen. Einen Augenblick später war alles in der Tiefe verschwunden.

»Bravo! Da sehen Sie, wie die Menschen einander behandeln,« rief Martin. »Allerdings,« erwiderte Candid, »etwas Teuflisches liegt schon darin.« Und während er dieses sagte, gewahrte er irgend etwas strahlend Rotes, welches neben seinem Schiffe schwamm: man ließ ein Boot hinab, um zu sehen, was es wohl sei. Es war einer seiner Hammel. Candid empfand über das Wiederfinden dieses einen seiner Hammel größere Freude, als ihn der Verlust der hundert mit großen Diamanten aus Eldorado schwer beladenen geschmerzt hatte.

Der französische Kapitän erkannte jetzt, daß der Kapitän des siegenden Schiffes ein Spanier und der des gesunkenen ein holländischer Pirat gewesen, eben jener, der Candid bestohlen hatte. Die ungeheuren Reichtümer, die dieser Schurke an sich gebracht, waren mit ihm auf den Grund des Meeres hinabgesunken, und nur ein Hammel war gerettet.

»Wie Sie sehen,« sprach Candid zu Martin, »wird das Verbrechen bisweilen bestraft, diesem Halunken von einem holländischen Schiffskapitän ist das Schicksal geworden, das er verdiente.«»Gewiß,« erwiderte Martin,»aber mußten denn die übrigen Reisenden, die auf seinem Schiffe waren, auch zugrunde gehen? Gott hat diesen Lumpen bestraft, die übrigen hat der Teufel ertränkt!« Unterdessen setzten das französische und das spanische Schiff ihren Weg, und Candid und Martin ihre Gespräche fort. Sie stritten volle vierzehn Tage lang, und am fünfzehnten waren sie so weit wie am ersten, aber sie sprachen doch wenigstens und tauschten Gedanken aus und trösteten sich gegenseitig. Candid liebkoste seinen Hammel.»Da ich dich wiedergefunden habe,« sagte er,»könnte ich gar wohl auch Kunigunden wiederfinden.«

Einundzwanzigstes Kapitel
Candid und Martin nähern sich der französischen Küste und plaudern.

Endlich tauchte die Küste Frankreichs auf.»Sind Sie niemals in Frankreich gewesen?« fragte Candid.»Ja,« erwiderte Martin,»ich bin durch mehrere französische Provinzen gekommen: es gibt welche, in denen die Hälfte der Einwohner toll ist, in anderen ist man zu verschlagen, in wieder anderen ist man im allgemeinen sanftmütig und recht dumm, in anderen spielt man den Schöngeist, und insgesamt in allen ist die wichtigste Beschäftigung die Liebe, die zweite die üble Nachrede und die dritte das Reißen von Zoten.«»Sind Sie aber auch in Paris gewesen, Herr Martin?«»Ja, ich habe Paris gesehen; es vereinigt alle jene Gattungen in sich, es ist ein Chaos, ein großes Gewühl, in dem ein jeder dem Vergnügen nachjagt und kein einziger, so hat es mich wenigstens bedünken wollen, es findet. Ich habe mich nur kurze Zeit in Paris aufgehalten. Bei meiner Ankunft wurde mir alles, was ich besaß, von Halunken auf dem Saint-Germain-Markte gestohlen. Mich selber nahm man auch für einen Dieb und sperrte mich acht Tage in ein Gefängnis. Danach wurde ich Korrektor in einer großen Druckerei, um so viel zu verdienen, daß ich zu Fuß nach Holland zurückkehren könnte. Ich lernte das schreibende Pack, das ränkeschmiedende Pack und das fromme Pack kennen. Es sollen übrigens auch äußerst gesittete Leute in der Stadt leben.«

»Was mich angeht, so verspüre ich keinerlei Neugier, Frankreich zu sehen«, sagte Candid. »Sie werden leicht begreifen, daß man nach einem einmonatlichen Aufenthalt in Eldorado nichts anderes mehr zu sehen begehrt wie Fräulein Kunigunde. Ich will ihrer in Venedig harren; wir durchqueren Frankreich, um nach Italien zu gehen. Sie werden mich doch begleiten?«»Herzlich gern,« erwiderte Martin,»Venedig soll zwar nur für die venezianischen Nobile gut sein, aber auch die Fremden nimmt man artig auf, wenn sie viel Geld haben. Ich habe keines, Sie dagegen haben welches, und so will ich Ihnen überallhin folgen.«»Da fällt mir bei,« rief Candid,»glauben Sie übrigens, daß die Erde ursprünglich ein Meer gewesen ist, wie in jenem dicken, unserem Schiffskapitän gehörenden Buche versichert wird?«»Ich glaube das ebensowenig, wie all die übrigen Schwärmereien, die man uns seit einiger Zeit auftischt.«»Zu welchem Zwecke ist diese Erde jedoch geschaffen worden?« fragte Candid.»Um uns rasend zu machen«, erwiderte Martin.»Sind Sie nicht höchlichst über die Liebe verwundert,« fuhr Candid fort,»welche jene beiden Mädchen aus dem Lande der Ohrlappen den zwei Affen entgegenbrachten, und deren Geschichte ich Ihnen erzählt habe?«»Keineswegs,« erwiderte Martin, »ich vermag in jener Leidenschaft nichts Absonderliches zu erblicken, ich habe schon so viel Außerordentliches gesehen!«»Glauben Sie,« sprach Candid,»daß die Menschen einander stets niedergemetzelt haben, wie sie es heute tun, und daß sie immer Lügner, Schurken, Verräter, Undankbare, Räuber, Schwächlinge, Diebe, Feiglinge, Neider, Vielfraße, Trunkenbolde, Geizhälse, Streber, Blutsauger, Verleumder, Wüstlinge, Fanatiker, Heuchler und Dummköpfe gewesen sind?« »Glauben Sie,« gab Martin zur Antwort,»daß die Sperber stets die Tauben gefressen haben, wo immer sie ihrer nur habhaft wurden?« »Ohne Zweifel, gewiß«, erwiderte Candid.»Nun,« sagte Martin,»wenn die Sperber stets denselben Charakter gehabt haben, wie sollten die Menschen den ihren dann wohl geändert haben?«»Oh,« entgegnete Candid,»da ist denn doch ein Unterschied, denn der freie Wille ...«
Unter solchen Gesprächen langten sie in Bordeaux an.

Zweiundzwanzigstes Kapitel

Was Candid und Martin in Frankreich widerfuhr.

Candid blieb nur so lange in Bordeaux, als notwendig war, um ein paar Eldorado-Kiesel zu verkaufen und einen bequemen zweisitzigen Wagen zu besorgen, denn er vermochte ohne den Philosophen Martin nicht mehr zu leben. Aufs tiefste bekümmerte ihn jedoch, daß er sich von seinem Hammel trennen mußte; er überließ ihn der Akademie der Wissenschaften zu Bordeaux, welche die Ergründung, warum die Wolle des Hammels rot sei, als diesjährige Preisaufgabe stellte; der Preis wurde einem nordischen Gelehrten zugesprochen, welcher durch a mehr b weniger c geteilt durch z nachwies, daß der Hammel eben rot sein müsse und an den Pocken sterben würde.

Alle Reisenden, mit denen Candid unterwegs in den Gasthäusern zusammentraf, sagten ihm nun:»Wir reisen nach Paris«. Dieses allgemeine Drängen erweckte schließlich den Wunsch in ihm, die Hauptstadt zu besuchen, er kam dadurch ja auch nicht wesentlich von seinem Wege nach Venedig ab.

Er erreichte Paris durch die Vorstadt Saint Marceau und glaubte, in dem häßlichsten westfälischen Dorfe zu sein.

Kaum war Candid in seinem Gasthause angelangt, so wurde er von einem leichten Unwohlsein befallen, das seinen Grund wohl in den überstandenen Strapazen haben mochte. Da er einen ungeheuren Diamanten am Finger trug, und man ferner unter seinem Gepäck einen erstaunlich schweren eisernen Kasten bemerkt hatte, so tauchten an seinem Bette gar bald zwei Ärzte auf, nach denen er nicht gesandt hatte, ein paar innige Freunde, die nicht mehr von ihm wichen, und zwei Betbrüder, die ihm warme Suppen kochten. Martin sagte:»Ich entsinne mich, auf meiner ersten Reise in Paris ebenfalls krank gewesen zu sein, aber ich war sehr arm, so hatte ich denn auch weder Freunde noch Betbrüder, noch Ärzte – und wurde gesund.«

Infolge der vielen Arzneien und Aderlässe wurde Candids Krankheit indessen recht bedenklich. Ein Kaplan aus der Nachbarschaft erschien und bat sänftiglich um einen an den Besitzer auszuzahlenden Wechsel aufs Jenseits. Candid wollte nichts davon wissen, aber die Betbrüder versicherten, es sei eine neue Mode. Candid erwiderte, er sei kein Modemensch. Martin wollte den Kaplan zum Fenster hinauswerfen, der

Gottesmann schwur, man würde Candid nicht begraben, Martin seinerseits schwur, er würde den Kaplan unter die Erde bringen, wenn er sie noch länger zu belästigen fortführe. Der Streit wurde hitzig, Martin packte den Kaplan bei den Schultern und schob ihn unsanft zur Tür hinaus, was einen großen Skandal und einen Beleidigungsprozeß im Gefolge hatte.

Candid ward gesund, und in der Zeit seiner Genesung hatte er stets die beste Gesellschaft zum Abendessen bei sich. Man spielte hoch, und Candid wunderte sich sehr, daß die Asse nicht ein einziges Mal an ihn kamen, Martin hingegen verwunderte sich dessen nicht.

Unter denen, welche ihm gegenüber gewissermaßen die Wirte von Paris spielten, befand sich auch ein kleiner Abbé aus Perigord, einer jener beflissenen, stets flinken, diensteifrigen, unverschämten, schmeichelnden und sich anpassenden Menschen, welche sich den durchreisenden Fremden anhängen, ihnen die Skandalgeschichten der Stadt zutragen und ihnen Vergnügungen um jeden Preis verschaffen. Dieser hier führte Candid und Martin zunächst ins Theater, man gab ein neues Trauerspiel. Candid kam zwischen zwei Schöngeister zu sitzen, was ihn jedoch nicht hinderte, bei allen vollendet gespielten Auftritten zu weinen. Während eines Zwischenaktes wandte sich einer der beiden Krittler zu seiner Seite an ihn und sagte:»Sie tun gar unrecht, zu weinen, diese Schauspielerin ist sehr schlecht, ihr Partner spielt noch schlechter als sie, und das Stück selber ist noch viel schlechter als die beiden Darsteller zusammen. Der Verfasser kann kein Wort Arabisch, und dennoch ist der Schauplatz des Stückes Arabien, und was noch ärger ist, der Mann glaubt nicht an angeborene Vorstellungen: Ich will Ihnen morgen zwanzig Aufsätze gegen ihn bringen.«»Wie viele Theaterstücke haben Sie in Frankreich, Herr?«wandte sich Candid an den Abbé. »Fünf- bis sechstausend«, erwiderte dieser.»Das ist viel,«rief Candid, »und wie viele davon sind gut?«»Fünfzehn bis sechzehn«, antwortete der andere.»Das ist sehr viel«, sagte Martin.

Candid äußerte seine große Befriedigung über eine Schauspielerin, welche die Königin Elisabeth in einer ziemlich platten Tragödie darstellte, die bisweilen gespielt wurde. [Fußnote]»Diese Schauspielerin gefällt mir sehr,«sagte er zu Martin,»sie hat eine gewisse Ähnlichkeit mit Fräulein Kunigunde, ich würde sie gar gerne kennen lernen.«

Der Abbe aus Perigord erbot sich, ihn bei ihr einzuführen. Candid, der ja in Deutschland aufgewachsen war, fragte, wie er sich dabei zu benehmen habe, und wie man in Frankreich die englischen Königinnen behandele? »Mit Unterschied,« sagte der Abbe, »in der Provinz führt man sie ins Wirtshaus, in Paris schätzt man sie, wenn sie schön sind, und wirft sie auf den Schindanger, sobald sie das Zeitliche gesegnet haben.« »Königinnen auf den Schindanger!« rief Candid. »Ja gewiß,« sagte Martin, »der Herr Abbé hat recht, ich war gerade in Paris, als Fräulein Monime, [Fußnote] wie man zu sagen pflegt, von diesem Leben in das andere Leben hinüberging, und man versagte ihr, wie diese Menschen es nennen, ein ehrliches Begräbnis, das heißt, die Ehre, mit allen Lumpen desselben Stadtviertels auf demselben scheußlichen Kirchhof zusammen zu verfaulen. Sie ward ganz allein von ihrer Truppe an der Ecke der Burgunder Straße eingescharrt, was eine gar große Pein für sie gewesen sein muß, denn sie dachte sehr edel.« »Ich finde das recht unhöflich«, sagte Candid. »Was wollen Sie,« entgegnete Martin, »die Menschen hier sind so; denken Sie sich die größten, nur irgend möglichen Ungereimtheiten und Widersprüche aus, und Sie werden sie in der Regierung, in den Gerichtshöfen, den Kirchen und in allen Schauspielen dieses absonderlichen Volkes finden.« »Ist es wahr, daß man in Paris immer lacht?« fragte Candid. »Ja,« erwiderte der Abbé, »aber man lacht voller Wut, denn man beklagt sich hier über alles durch ein großes Gelächter, ja, lachend begeht man hier die abscheulichsten Taten.«

»Wer war das dicke Schwein,« fragte Candid, »welches das Stück, über das ich so herzlich weinen mußte, und die Schauspielerin, die mir so viel Freude bereitete, so arg heruntermachte?« »Das ist ein leibhaftiges Übel,« antwortete der Abbé, »ein Mann, der sein Brot dadurch verdient, daß er alle Stücke und Bücher herunterreißt. Er haßt jeden, der Erfolg hat, wie die Eunuchen die Genießenden hassen, er gehört zu jenen Literaturschlangen, die von Schlamm und Gift leben, er ist ein Zeilenschinder!« »Was nennen Sie einen Zeilenschinder?« fragte Candid. »So nennt man,« erwiderte der Abbé, »einen Zeitungsschreiber, einen Fréron.«

Solcherweise unterhielten sich Candid, Martin und der Abbé aus Perigord auf der Treppe, während die Besucher des Theaters an ihnen vorbeifluteten. »Obgleich ich keinen Augenblick verlieren möchte, um Fräulein Kunigunde wiederzusehen,« sagte Candid, »möchte ich mit

Fräulein Clairon doch einmal zu Nacht speisen, denn sie hat einen wunderbaren Eindruck auf mich gemacht.«

Der Abbé war nicht der Mann danach, bei Fräulein Clairon Zutritt zu haben, denn sie empfing nur Mitglieder der wirklich guten Gesellschaft. »Für heute abend ist sie bereits versagt,« sagte er daher, »ich werde jedoch die Ehre haben, Sie zu einer adeligen Dame zu geleiten, bei der Sie Paris kennen lernen können, als hätten Sie ein paar Jahre hier gelebt.«

Candid, der von Natur neugierig war, ließ sich also zu der Dame bringen, welche in einem entlegenen Teile der Vorstadt Saint Honoré wohnte. Man spielte Pharao bei ihr; zwölf trübselige Gegenspieler hielten jeder ein paar Karten in der Hand, das leicht zu überblickende Verzeichnis ihres Mißgeschicks. Tiefe Stille herrschte, Blässe lag auf den Gesichtern der Gegenspieler, fiebernde Spannung auf dem des Bankhalters. Die Dame des Hauses saß neben diesem unerbittlichen Manne und lauerte mit Luchsaugen auf alle Parolis und alle unerlaubten Doppelkniffe, die jeder Spieler an seinen Karten anzubringen versuchte. Mit strenger, aber stets höflicher Aufmerksamkeit bewirkte sie die Beseitigung solcher eigenmächtigen Kartenkniffe und wurde aus Furcht, ihre Kunden zu verlieren, niemals heftig. Die Dame ließ sich Marquise von Parolignac nennen; ihre fünfzehnjährige Tochter befand sich unter den Gegenspielern und verriet mit einem Augenzwinkern jeden Betrug, mit dem diese armen Leute der Grausamkeit des Schicksals zu begegnen suchten. Als der Abbe von Perigord, Candid und Martin eintraten, erhob sich niemand, und es blickte auch niemand zu ihnen auf oder grüßte sie, alle waren tief in das Spiel versunken. »Die Frau Baronin von Tundertentronck war höflicher«, sagte Candid.

Unterdessen flüsterte der Abbe der Marquise etwas ins Ohr, und nun erhob sie sich halb von ihrem Stuhle, grüßte Candid durch ein anmutiges Lächeln und Martin durch ein vornehmes Kopfnicken. Sie ließ Candid einen Stuhl und ein Kartenspiel reichen, und er verlor in zwei Runden fünfzigtausend Franken, wonach man in vergnügtester Stimmung zu Abend aß. Alle Welt war verwundert, daß Candid bei seinem Verlust ganz kalt blieb, und die Diener flüsterten einander in ihrem Dienerkauderwelsch zu: »Er muß irgendein englischer Lord sein.«

Das Mahl verlief wie die meisten Gastmähler in Paris. Zuerst herrschte Stille, dann ein solcher Lärm von Worten, daß man nichts verstehen konnte, darauf wurden Witze gemacht, von denen die meisten schal waren, falsche Neuigkeiten aufgetischt, törichte Betrachtungen angestellt, etwas von Politik geschwatzt und vor allem der Nächste durchgehechelt, ja, man sprach sogar von neuen Büchern. »Haben Sie schon den Roman des Herrn Gauchat, des Doktors der Theologie, gesehen?« fragte der Abbé aus Perigord. »Ja,« erwiderte einer der Gäste, »aber ich habe ihn nicht zu Ende zu lesen vermocht. Wir besitzen zwar eine Menge frecher Sudeleien, aber alle zusammen halten der Unverschämtheit Gauchats, des Herrn Doktors der Theologie, nicht die Wage. Ich bin der ungeheuren Menge widerwärtiger Bücher, die uns überschwemmen, so überdrüssig, daß ich mich aufs Pharao verlegt habe.« »Und die vermischten Schriften des Archidiakonus Trublet! Was sagen Sie dazu?« rief der Abbé. »Oh,« sagte Frau von Parolignac, »er ist tödlich langweilig! Mit welchem Eifer tritt er nicht alles breit, was schon jedermann weiß, und wie schwerfällig streitet er über Fragen, die nicht einmal flüchtig erwähnt zu werden verdienen, wie geistlos eignet er sich nicht den Geist anderer an und wie verdirbt er nicht das, was er stiehlt; oh, er ist mir zuwider, aber es soll ihm das letzte Mal gelungen sein, wenn man nur wenige Seiten von dem Archidiakonus gelesen hat, so hat man auch für immer genug.«

Bei Tisch saß auch ein Gelehrter von Geschmack, der die Worte der Marquise unterstützte. Dann sprach man von Tragödien, und die Dame des Hauses fragte, warum es Tragödien gäbe, die man bisweilen wohl spiele, die aber niemand zu lesen vermöchte. Der Mann von Geschmack führte recht gut aus, wie ein Stück sehr wohl einige Teilnahme erwecken könne, ohne doch irgend einen Wert zu haben. Mit wenigen Worten bewies er, wie es nicht genug sei, ein oder zwei jener Auftritte herbeizuführen, wie man sie in jedem Roman antreffe und von denen die Zuschauer stets gerührt würden, sondern daß es darauf ankäme, ohne Fratzenhaftigkeit neu, oft erhaben und immer natürlich zu sein, wie man das menschliche Herz kennen und sprechen lassen und selber ein großer Dichter sein müsse, ohne daß jemals eine Gestalt des Stückes selber wie ein Dichter erscheine, und wie man endlich seine Sprache von Grund aus können, sie mit Reinheit und einer ununterbrochenen Harmonie sprechen müsse, ohne daß der Reim dabei jemals den Sinn beeinträchtige. »Jedermann kann, fügte er hinzu, ohne von allen diesen Gesetzen eine Ahnung zu haben, zwei oder drei im Theater beifällig aufgenommene Tragödien schreiben, ohne doch jemals zu den guten Schriftstellern gezählt zu werden. Es gibt sehr wenig gute Tragödien, die einen sind gut geschriebene und gut gereimte Idyllen in Form von Zwiegesprächen, die anderen einschläfernde politische Betrachtungen oder abstoßende Weitschweifigkeiten, wieder andere Träume Besessener in barbarischem Stil, abgerissene Reden, lange Ansprachen an die Götter, weil man zu den Menschen nicht zu sprechen versteht, falsche Grundsätze und aufgeblasene Gemeinplätze.«

Candid lauschte diesen Ausführungen mit großer Aufmerksamkeit und bekam eine gewaltige Meinung von dem Redner, und da die Marquise ihn vorsorglich neben sich gesetzt hatte, näherte er sich ihrem Ohr und nahm sich die Freiheit, sie zu fragen, wer denn dieser Mann sei, der da so vortrefflich spräche?»Ein Gelehrter,« erwiderte die Dame,»der keine Karte anrührt und den mir der Abbé bisweilen zum Essen herbringt. Er versteht sich vortrefflich auf Tragödien und Bücher, er hat selber eine ausgepfiffene Tragödie geschrieben und ein Buch, von dem man außerhalb des Ladens seines Verlegers nur ein einziges Exemplar gesehen, dieses hatte er mir geschenkt.«»Welch großer Mann,« sagte Candid,»er ist ein zweiter Pangloß.«

Darauf wandte er sich an den Gelehrten und sagte:»Wahrscheinlich, mein Herr, meinen auch Sie, daß in der physischen und der geistigen Welt alles zum besten eingerichtet ist und nichts anders sein könnte?«

»Ich, Herr,« erwiderte der Gelehrte,»nein, ich denke durchaus nicht so, im Gegenteil, ich finde, daß bei uns alles verkehrt geht, niemand kennt bei uns weder seinen Rang noch seine Aufgabe, weder was er treibt noch was er treiben sollte, und mit Ausnahme unserer gemeinsamen Mahlzeiten hier, die ja recht fröhlich und einig verlaufen, verbringt man alle übrige Zeit mit nichtsnutzigen Streitigkeiten, Jansenisten wider Molinisten, Parlamentarier wider Kirchenleute, Literaten wider Literaten, Hofschranzen wider Hofschranzen, Geldleute wider das Volk, Frauen wider ihre Gatten, Verwandte wider Verwandte; oh, es ist ein ewiger Krieg.«

Candid entgegnete ihm:»Ich habe noch weit Schlimmeres gesehen, aber ein Weiser, der inzwischen übrigens das Unglück gehabt hat, gehängt zu werden, belehrte mich, daß alles dies wunderbar und nicht mehr als nur Schatten auf einem schönen Gemälde sei.«»Ihr Gehängter machte sich über die Welt lustig,« sagte Martin,»diese Schatten sind grauenhafte Flecken.«»Die Flecken machen die Menschen,« erwiderte Candid,»sie können nicht anders.«»Also ist es nicht ihre Schuld«, entgegnete Martin. Die Mehrzahl der Spieler, die sich auf derlei Gespräche nicht verstanden, tranken, Martin stritt mit dem Gelehrten, und Candid erzählte der Dame des Hauses einen Teil seiner Erlebnisse.

Nachdem man von Tisch aufgestanden war, führte die Marquise Candid in ihr Wohnzimmer und ließ ihn auf einem Sofa Platz nehmen. »Nun?« sprach sie zu ihm, »Sie lieben Fräulein Kunigunde von Tundertentronck also noch immer grenzenlos?« »Ja, meine Gnädige«, erwiderte Candid.

Mit zärtlichem Lächeln sagte nun die Marquise: »Sie antworten mir wie ein junger Mann aus Westfalen, ein Franzose hätte gesagt, ich habe allerdings Fräulein Kunigunde geliebt, bei Ihrem Anblicke jedoch, gnädige Frau, fürchte ich fast, sie nicht mehr zu lieben!« »Ach, meine Gnädige,« sagte Candid, »ich will ganz nach Ihrem Belieben antworten.« »Ihre Leidenschaft für sie,« sagte die Marquise, »fing damit an, daß sie ihr Taschentuch aufhoben, ich will nun, daß Sie mir mein Strumpfband aufheben.« »Von ganzem Herzen,« erwiderte Candid und tat es. »Sie sollen es mir aber auch wieder anlegen,« sagte die Dame. Und Candid legte es ihr wieder an. »Sehen Sie,« sagte nun die Dame, »Sie sind ein Fremder, meine Pariser Liebhaber lasse ich bisweilen vierzehn Tage lang schmachten, Ihnen jedoch ergebe ich mich schon in der ersten Nacht, denn es ziemt sich, einem jungen Manne aus Westfalen gegenüber unser Land würdig zu vertreten.« Und da die Schöne zwei ungeheure Diamanten an den beiden Händen ihres jungen Fremden bemerkt hatte, bewunderte sie sie so treuherzig, daß sie von Candids Fingern an die Finger der Marquise wanderten.

Als Candid mit seinem Abbé aus Perigord den Heimweg antrat, empfand er einige Gewissensbisse, Fräulein Kunigunde untreu gewesen zu sein, und der Herr Abbé nahm Anteil an seiner Pein. Von den fünfzigtausend Pfund, die Candid im Spiele verloren, und dem Werte der beiden halb geschenkten und halb abgelockten Brillanten bekam er nur einen recht geringen Teil, und so war es denn seine Absicht, die Vorteile, welche die Bekanntschaft mit Candid ihm bringen konnte, nach besten Kräften zu nützen.

Er sprach unaufhörlich über Kunigunde zu ihm, und Candid sagte, er würde die Schöne wegen seiner Untreue gar herzlich um Vergebung bitten, wenn er sie erst in Venedig wiedersähe.

Der Abbé aus Perigord verdoppelte seine Liebenswürdigkeit und sein artiges Entgegenkommen und nahm herzlich Anteil an allem, was Candid sagte, tat und tun wollte.

»Sie haben also ein Stelldichein in Venedig verabredet?«»Ja, Herr Abbé,« erwiderte Candid,»dort muß ich Fräulein Kunigunde unter allen Umständen erwarten.« Und von der Freude, von seiner Geliebten sprechen zu können, ganz überwältigt, erzählte er seinem Brauche gemäß einen Teil seiner Erlebnisse mit der erlauchten Westfalin.

»Fräulein Kunigunde besitzt wohl gar viel natürlichen Witz und schreibt entzückende Briefe?« fragte der Abbé. »Ich habe leider niemals einen von ihr bekommen,« antwortete Candid,»denn da ich ja aus dem Schlosse wegen meiner Liebe zu ihr verjagt worden war, konnte ich ihr nicht schreiben; bald darauf hörte ich, sie sei tot, dann fand ich sie wieder, dann verlor ich sie noch einmal, und nun habe ich auf eine Entfernung von zweitausendfünfhundert Meilen von hier einen Eilboten zu ihr geschickt und warte auf die Antwort, die er mir bringt.«

Der Abbé hörte aufmerksam zu und erschien gewissermaßen versonnen. Bald darauf nahm er von den beiden Fremden Abschied, jedoch nicht, ohne sie zärtlich umarmt zu haben. Am nächsten Morgen empfing Candid beim Erwachen einen Brief folgenden Inhalts:

»Mein Herr und teurer Geliebter! Seit acht Tagen liege ich hier in der Stadt krank danieder und erfahre eben erst, daß auch Sie sich hier aufhalten. Könnte ich mich rühren, würde ich in Ihre Arme fliegen. Von Ihrem Aufenthalte in Bordeaux hatte ich Kenntnis erhalten, und habe den treuen Cacambo und die Alte dort zurückgelassen, doch sie sollen mir bald folgen. Der Governador von Buenos Aires hat mir alles genommen, aber mir bleibt noch Ihr Herz! Kommen Sie, Ihre Gegenwart wird mir entweder das Leben wiedergeben oder mich vor Freuden töten.«

Dieser reizende Brief, dieser unerwartete Brief stürzte Candid in einen unbeschreiblichen Freudentaumel, die Krankheit seiner geliebten Kunigunde jedoch überhäufte ihn mit Schmerzen.

Zwischen diesen beiden Empfindungen geteilt, nahm er sein Gold und seine Diamanten an sich und ließ sich mit Martin in den Gasthof führen, in dem Fräulein Kunigunde wohnte.

Vor Erregung zitternd, mit klopfendem Herzen und schluchzender Stimme trat er in ihr Zimmer und wollte die Bettvorhänge öffnen und Licht herbeibringen lassen. »Um Gotteswillen,« rief die Dienerin, »Licht tötet sie!« und eiligst schloß sie den Vorhang wieder. »Meine teure Kunigunde,« sagte weinend Candid,»wie geht es Ihnen? Wenn Sie mich auch nicht anschauen dürfen, so sprechen Sie wenigstens zu mir!«

»Sie kann nicht sprechen«, sagte die Dienerin. Darauf streckte die Dame eine rundliche Hand aus dem Bett hervor, und Candid benetzte sie lange mit seinen Tränen, dann füllte er sie mit Diamanten an und legte einen Beutel voll Gold auf den Sessel.

Mitten in diesen Freudenüberschwängen trat plötzlich ein Polizeibeamter ein, begleitet von dem Herrn Abbé aus Perigord und einigen Häschern. »Sind das die beiden verdächtigen Fremden?« fragte er, und augenblicklich ließ er sie ergreifen und befahl, sie ins Gefängnis zu führen. »In Eldorado werden Reisende nicht derart behandelt«, rief Candid. »Mehr denn je bin ich Manichäer«, sagte Martin. »Wohin wollen Sie uns bringen?« fragte Candid. »In ein Kerkerloch«, erwiderte der Polizeibeamte.

Nachdem Martin seine Kaltblütigkeit wiedererlangt hatte, kam er zu dem Schlusse, die Dame, die sich für Kunigunden ausgegeben, müsse eine Spitzbübin und der Abbé aus Perigord ein Spitzbube sein, der sich schnellstens die Einfalt Candids zunutze gemacht, und der Polizeibeamte gar ein dritter Halunke, den man sich wohl leicht würde vom Halse schaffen können.

Candid, der, durch Martins Vermutungen aufgeklärt, sich nicht den Weitläufigkeiten einer Gerichtsprozedur aussetzen wollte und außerdem noch immer vor Ungeduld brannte, die echte Kunigunde wiederzusehen, bot dem Polizeibeamten drei kleine Diamanten an, von denen jeder ungefähr einen Wert von dreitausend Pistolen hatte. »Ach, mein Herr,« sprach der Mann mit dem Elfenbeinstock zu ihm, »hätten Sie auch alle nur denkbaren Verbrechen begangen, so würde ich Sie doch für den ehrenwertesten Mann von der Welt halten! Wie, drei Diamanten, jeder im Werte von dreitausend Pistolen! Mein Herr, ich würde mich lieber für Sie töten lassen, als Sie in ein Gefängnis schleppen, aber man nimmt alle Fremden fest!

Lassen Sie mich jedoch zusehen: Ich habe in Dieppe in der Normandie einen Bruder, ich will Sie dorthin bringen, und wenn Sie auch ihm einige Diamanten zu geben vermöchten, so würde er für Sie sorgen, wie ich's selber nicht besser tun könnte.«

»Und warum nimmt man alle Fremden fest?« fragte Candid. Nun ergriff der Abbé aus Perigord das Wort und sprach: »Weil ein Lump aus dem Lande Atrebatien [Fußnote] allerlei Dummheiten mit angehört hat und sich dadurch zum Begehen eines Mordes veranlaßt sah, nicht eines solchen wie der im Monat Mai des Jahres 1610, sondern eines, der dem

Dezembermorde des Jahres 1594 [Fußnote] und auch denen ähnelt, die in anderen Jahren und in anderen Monaten von anderen Lumpen begangen worden sind, alle ebenfalls, weil sie Dummheiten mit angehört hatten.«

Der Polizeibeamte setzte darauf auseinander, worum es sich handele. »Oh, diese Ungeheuer«, rief Candid. »Wie, dergleichen Greuel ereignen sich bei einem Volke, das tanzt und singt? Oh, könnte ich nur schnell aus diesem Lande fliehen, wo Affen Tiger reizen. In meiner Heimat habe ich Bären gesehen, Menschen nur in Eldorado. Im Namen Gottes, Herr Polizist, bringen Sie mich nach Venedig, wo ich auf Fräulein Kunigunde warten muß.« »Ich kann Sie nur bis in die Niedernormandie bringen«, sagte der Barigello, und sogleich ließ er ihm die Fesseln abnehmen, gab vor, sich vergriffen zu haben, schickte seine Leute weg, brachte Candid und Martin nach Dieppe und ließ sie dort in den Händen seines Bruders. Auf der Reede lag ein kleines holländisches Schiff. Der Normanne, der vermittels dreier weiterer Diamanten zum dienstfertigsten aller Menschen geworden war, brachte Candid und seine Leute in einem Boote auf das Schiff hinüber, das nach Portsmouth in See stechen sollte. Dies war zwar nicht der Weg nach Venedig, Candid jedoch wähnte der Hölle entronnen zu sein und vertröstete sich auf die erste Gelegenheit, um wieder den Weg nach Venedig einzuschlagen.

Dreiundzwanzigstes Kapitel

Candid und Martin gelangen an die englische Küste, und was sie dort sahen.

»O Pangloß, Pangloß, o Martin, Martin, o meine teure Kunigunde, was ist doch diese Welt!« rief Candid auf dem holländischen Schiff. »Etwas recht Tolles und Abscheuliches«, entgegnete Martin. »Kennen Sie England, ist man dort ebenso toll wie in Frankreich?« »Ja, aber es herrscht eine andere Art Tollheit«, sagte Martin. »Sie wissen, daß diese beiden Völker wegen einiger Schneegipfel in Kanada Krieg miteinander führen und für diesen schönen Krieg mehr ausgeben, als ganz Kanada wert ist? Ob es in dem einen Lande mehr Leute gibt, die an die Kette gelegt werden sollten, als in dem anderen, vermag ich Ihnen nicht genau zu sagen, dazu ist meine Einsicht nicht groß genug, ich weiß nur ganz im allgemeinen, daß die Menschen, denen wir nun bald begegnen werden, recht schwarzgallig sind.«

Unter solchen Gesprächen legten sie in Portsmouth an. Eine große Volksmenge bedeckte das Ufer und blickte aufmerksam nach einem großen starken Mann, der mit verbundenen Augen auf dem Verdeck eines der Schiffe der Flotte kniete. Diesem Manne gegenüber waren vier Soldaten aufgestellt, die ihm auf das friedlichste von der Welt ein jeder drei Kugeln in den Schädel schossen, und dann begab sich die ganze Versammlung äußerst befriedigt nach Hause. [Fußnote] »Was hat nur alles das zu bedeuten, und welcher Dämon übt allenthalben seine Macht?« rief Candid. Er erkundigte sich, wer der starke Mann gewesen sei, den man da so feierlich getötet habe. »Es war ein Admiral«, antwortete man ihm. »Und weshalb hat man diesen Admiral getötet?« »Weil er nicht genug Menschen hat umbringen lassen; er lieferte einem französischen Admiral eine Schlacht, und man fand, daß er sich nicht nahe genug an ihn heran begeben habe.« »Aber der französische Admiral war doch von dem englischen Admiral genau ebenso weit entfernt, wie eben dieser englische von dem französischen!« sagte Candid. »Das läßt sich nicht leugnen,« entgegnete man ihm, »allein hierzulande ist es gut, von Zeit zu Zeit einen Admiral zu töten, um den anderen dadurch Mut einzujagen.«

Candid war so betroffen und entsetzt über das, was er gehört hatte, daß er das Land nicht einmal betreten wollte,

und so ward er denn (selbst auf die Gefahr hin, wie in Surinam bestohlen zu werden) mit dem holländischen Schiffspatron handelseinig, ihn ohne Aufschub nach Venedig zu fahren.

In zwei Tagen war das Schiff segelfertig. Man fuhr die französische Küste entlang, kam in Sehweite an Lissabon vorbei, und Candid erbebte; dann fuhr man durch die Meerenge in das Mittelländische Meer ein und landete endlich in Venedig. »Gott sei gelobt,« rief Candid, indem er Martin umarmte, »hier werde ich die schöne Kunigunde wiedersehen. Ich vertraue Cacambo wie mir selber. Alles ist gut, alles geht gut, alles ist aufs denkbar beste bestellt.«

Vierundzwanzigstes Kapitel

Von Paquette und dem Bruder Giroflée.

Sobald Candid den Boden Venedigs betreten hatte, ließ er in allen Schenken, in allen Kaffeehäusern und bei allen Freudenmädchen nach Cacambo suchen und fand ihn nicht. Täglich ließ er auf allen neu einlaufenden Schiffen und Barken wieder und wieder Umschau halten: nirgends eine Spur von Cacambo!»Wie,« sprach er zu Martin,»ich habe Zeit gehabt, von Surinam nach Bordeaux, von Bordeaux nach Paris, von Paris nach Dieppe, von Dieppe nach Portsmouth zu gelangen, die portugiesische und spanische Küste entlang zu fahren, das ganze Mittelländische Meer zu durchqueren und einige Monate in Venedig zu verbringen, und die schöne Kunigunde ist noch nicht angekommen! Statt ihrer bin ich nur einer Närrin und einem Abbé aus Perigord begegnet. Zweifellos ist Kunigunde gestorben, und nun bleibt auch mir nichts weiter zu tun übrig! Ach, es wäre besser gewesen, in dem Paradiese Eldorado zu bleiben, als nach diesem verdammten Europa zurückzukehren! Oh, wie recht haben Sie nicht, mein lieber Martin, alles ist nur Wahn und Elend.«

Er versank in düstere Schwermut und nahm keinen Anteil an der Oper alla moda, noch an den übrigen. Karnevalsbelustigungen, und keine einzige Dame vermochte, ihn in die kleinste Versuchung zu bringen. Martin sprach zu ihm:»Sie sind wirklich recht einfältig, sich einzubilden, ein Diener, ein Mestize, werde mit fünf oder sechs Millionen in der Tasche ihrer Geliebten bis ans Ende der Welt nachreisen und sie Ihnen nach Venedig bringen; findet er sie, so nimmt er sie für sich selber, und findet er sie nicht, so nimmt er eben eine andere. Ich gebe Ihnen allen Ernstes den Rat, Ihren Diener Cacambo und Ihre Geliebte Kunigunde zu vergessen!« Martin war kein guter Tröster. Candids Schwermut steigerte sich, und Martin hörte nicht auf, ihm zu beweisen, daß es auf der Erde wenig Tugend und wenig Glück gebe, ausgenommen vielleicht in Eldorado, wohin niemand gelangen konnte. Während sie über diesen wichtigen Gegenstand stritten und auf Kunigunde warteten, sah Candid auf dem Markusplatze einen jungen Theatiner mit einem Mädchen am Arme. Der Theatiner erschien frisch, rund und kräftig, seine Augen funkelten, seine Haltung war sicher, sein Gesicht edel und sein Gang stolz. Das Mädchen war ausnehmend hübsch und trillerte; sie blickte ihren Theatiner verliebt an und kniff ihn von Zeit zu Zeit in seine dicken Backen. »Sie müssen wenigstens zugeben,« sagte Candid zu Martin, »daß diese beiden Menschen hier glücklich sind. Bisher habe ich auf der ganzen bewohnten Erde, Eldorado ausgenommen, nur Unglückliche angetroffen, doch was dieses Mädchen hier und diesen Theatiner angeht, so wette ich, daß sie überaus glückliche Geschöpfe sind.« »Ich wette dagegen«, rief Martin. »Wir brauchen sie nur zum Essen einzuladen,« sagte Candid, »und Sie werden sehen, ob ich mich täusche.«

Sofort sprach er sie an, verneigte sich schicklich vor ihnen und lud sie ein, in seinem Gasthause mit ihm Makkaroni, lombardische Rebhühner und Störeier zu essen und Montepulciano, Lacrimae Christi und Cypern- und Samoswein zu trinken. Das Fräulein errötete, der Theatiner jedoch nahm die Einladung an und das Mädchen folgte ihm: sie sah Candid mit überraschten und verwirrten, von einigen Tränen verdunkelten Augen an. Kaum waren sie in Candids Zimmer getreten, so sprach sie zu ihm: »Nun? Erkennt denn Herr Candid Paquette nicht wieder?« Candid, der sie bis dahin nicht mit Aufmerksamkeit betrachtet hatte, weil er innerlich immer nur mit Kunigunden beschäftigt war, rief auf diese Worte hin aus: »Ach, mein armes Kind, du bist's, du, die den Doktor Pangloß in den netten Zustand gebracht, in dem ich ihn gesehen?«

»Ach ja, Herr, ich bin es,« sagte Paquette; »und ich sehe, daß Sie alles wissen. Ich habe inzwischen auch von dem entsetzlichen Unglück Kenntnis erhalten, das dem ganzen Hause der Frau Baronin und der schönen Kunigunde widerfahren ist, aber ich schwöre es Ihnen, mein Geschick ist kaum weniger traurig gewesen. Als Sie mich zuletzt sahen, war ich noch herzlich unschuldig: mein Beichtvater, ein Franziskaner, hatte gar leichtes Spiel, mich zu verführen. Die Folgen waren schrecklich; kurze Zeit, nachdem der Herr Baron Sie mit wuchtigen Tritten in den Hintern verjagt hatte, wurde auch ich zum Verlassen des Schlosses gezwungen. Hätte ein berühmter Arzt sich meiner nicht mitleidig angenommen, so wäre ich gestorben. Einige Zeitlang war ich – aus Dankbarkeit – die Geliebte dieses Arztes. Seine rasend eifersüchtige Frau schlug mich tagtäglich ohne Erbarmen. Sie war eine Furie, der Arzt der häßlichste Mensch von der Welt und ich das unglücklichste aller Geschöpfe, das unaufhörlich eines Mannes wegen geschlagen wurde, den es nicht liebte. Sie wissen, Herr Candid, wie gefährlich es für ein zänkisches Weib ist, die Gattin eines Arztes zu sein.

Der meine, den das Benehmen seiner Frau zum äußersten trieb, verabreichte ihr denn auch eines Tages, um sie von einem leichten Husten zu heilen, eine so wirksame Arznei, daß sie innerhalb zweier Stunden unter schrecklichen Zuckungen verschied. Die Eltern der Frau Doktor strengten wider den Herrn Doktor ein Strafverfahren an; er ergriff die Flucht, und ich wurde ins Gefängnis gesteckt. Aber meine Schuldlosigkeit würde mich nicht gerettet haben, wäre ich nicht einigermaßen hübsch gewesen. Der Richter befreite mich unter der Bedingung, der Nachfolger des Arztes zu werden. Bald jedoch wurde ich durch eine Nebenbuhlerin verdrängt, ohne Entgelt davongejagt und so gezwungen, dieses abscheuliche Gewerbe fortzusetzen, das euch Männern so gar vergnüglich erscheint, für uns jedoch nur ein Abgrund von Elend ist. Ich begab mich zur Ausübung meines Berufes nach Venedig. Oh, Herr Candid, wenn Sie sich nur vorstellen könnten, was es heißen will, mit kaltem Blut einen alten Krämer, einen Advokaten, einen Mönch, einen Gondelführer, einen Abbe liebkosen zu müssen, allen Beschimpfungen, allen Verunglimpfungen ausgesetzt zu sein, oft so arm zu sein, daß man sich einen Rock leihen muß, um hinzugehen und ihn sich von einem widrigen Menschen aufheben zu lassen, von dem einen um das bestohlen zu werden, was man sich eben bei einem anderen verdient, von den Gerichtsbeamten erpreßt zu werden und für die Zukunft nur ein entsetzliches Alter vor sich zu sehen, ein Ende im Spital oder auf dem Mist, könnten Sie sich dieses vorstellen, Herr Candid, Sie würden zugeben, daß ich eines der unglücklichsten Geschöpfe von der Welt bin.«

Solcher Weise öffnete Paquette dem guten Candid in seinem Zimmer in Gegenwart Martins ihr Herz, und dieser sagte zu Candid: »Sie sehen, daß ich die eine Hälfte der Wette bereits gewonnen habe.«

Bruder Giroflée war im Speisesaal geblieben und hatte in Erwartung des Essens ein Gläschen oder zwei getrunken. »Du sahst aber so fröhlich aus, als ich dich traf, so zufrieden,« sagte Candid zu Paquette, »du liebkostest den Theatiner mit einem so natürlichen Wohlgefallen, wahrlich, du bist mir so glücklich vorgekommen, als du elend zu sein behauptest.« »Oh, Herr Candid, auch das ist eine der grausamen Härten des Handwerks!« erwiderte Paquette. »Gestern bin ich von einem Offizier bestohlen und geschlagen worden, und heute muß ich lustig und guter Dinge sein, um einem Mönch zu gefallen.«

Candid hatte genug und gab zu, daß Martin im Recht gewesen; darauf setzte man sich mit Paquette und dem Theatiner zu Tisch. Das Mahl verlief sehr vergnügt und gegen das Ende fing man an, vertrauter miteinander zu werden. »Ehrwürdiger Vater,« sagte Candid zu dem Mönch, »Sie scheinen sich eines Geschickes zu erfreun, um das Sie jedermann beneiden muß: auf Ihrem Antlitz blüht die Blume der Gesundheit, Ihre Miene verrät behagliches Glück, zu Ihrer Lust haben Sie ein sehr hübsches Mädchen bei sich, und mit Ihrem Dasein als Theatiner scheinen Sie äußerst zufrieden zu sein!«

»Meiner Treu, Herr,« erwiderte Bruder Giroflée, »ich wünschte, alle Theatiner lägen auf dem Grunde des Meeres! Zu hundert Malen habe ich mich versucht gefühlt, das Kloster in Brand zu stecken, auf und davon zu gehen und Türke zu werden! Im Alter von fünfzehn Jahren zwangen mich meine Eltern in dieses abscheuliche Kleid zu kriechen, um einem verfluchten älteren Bruder, den Gott vernichten möge, mehr Geld zu lassen. Im Kloster hausen Eifersucht, Zwietracht und Wut. Und wenn ich auch ein paar schlechte Predigten gehalten habe, die mir etwas Geld eingebracht, von dem mir der Prior die eine Hälfte stiehlt und dessen andere ich für Mädchen ausgebe, so fühle ich mich doch jedesmal bei der Heimkehr ins Kloster versucht, mir den Kopf an den Wänden meiner Zelle einzurennen, und allen meinen Klosterbrüdern geht es ebenso.«

Mit seiner gewöhnlichen Gelassenheit wandte sich Martin nun an Candid und sagte: »Wohlan, habe ich nicht die ganze Wette gewonnen?«

Candid gab Paquette zweitausend Piaster und tausend dem Bruder Giroflée. »Ich bürge Ihnen dafür, daß Sie damit nun glücklich sein werden«, sagte er. »Nie und nimmer«, erwiderte Martin. »Sie machen sie durch diese Piaster vielleicht nur noch viel unglücklicher.« »Dem wird sein, wie ihm sein muß,« entgegnete Candid, »eines tröstet mich jedoch, ich sehe, daß man gar oft Leuten wiederbegegnet, von denen man es sich nicht versah, und ebensogut wie ich meinen roten Hammel und Paquette wiedergefunden habe, könnte mir wohl auch mit Kunigunden ein gleiches geschehen.« »Möge sie Sie eines Tages glücklich machen,« erwiderte Martin, »aber ich zweifle stark daran.« »Sie sind recht hart«, rief Candid. »Ja,« sagte Martin, »denn ich habe gelebt.«

»Doch schauen Sie diese Bootsleute an,« sagte Candid, »singen sie nicht unaufhörlich?« »Ja, aber sehen Sie sie erst einmal in ihrem Heim mit ihren Weibern und ihrer Kinderbrut!« versetzte Martin. »Der Doge hat seinen Kummer, die Bootsführer haben den ihren. Alles in allem genommen ist allerdings das Los eines Gondelführers dem eines Dogen vorzuziehen, aber ich halte den Unterschied für so gering, daß es sich nicht der Mühe verlohnt, die Frage näher zu untersuchen.«

»Man spricht hier viel von einem Senator Pococurante«, sagte Candid; »er wohnt in dem schönen Palast an der Brenta und hat für Fremde stets ein offenes Haus; man behauptet, dieser Mann habe noch niemals Kummer erfahren.« »Eine so seltene Gattung wünschte ich mir wohl zu sehen«, versetzte Martin. Sogleich ließ Candid den Signor Pococurante um die Erlaubnis bitten, ihn am nächsten Tage besuchen zu dürfen.

Fünfundzwanzigstes Kapitel

Besuch bei dem Signor Pococurante, einem venezianischen Edelmanne.

Candid und Martin ließen sich in einer Gondel auf der Brenta nach dem Palast des edlen Pococurante fahren. Die Gärten um den Palast waren wohl angelegt und mit schönen Marmorstatuen geschmückt. Der Palast selber zeugte von einer gar herrlichen Baukunst, und der Hausherr, ein außerordentlich begüterter Mann im Alter von sechzig Jahren, empfing die beiden Neugierigen ausgesucht höflich, aber wenig herzlich, was Candid verstimmte und Martin nicht mißfiel.

Zunächst schenkten zwei hübsche und artig gekleidete junge Mädchen Schokolade ein, die sie aufs zierlichste zum Schäumen zu bringen wußten. Candid konnte sich nicht entbrechen, sie um ihrer Schönheit, ihrer Anmut und ihrer Geschicklichkeit willen zu loben. »Ja,« erwiderte der Senator Pococurante, »es sind recht gute Geschöpfe, ich lasse sie auch bisweilen in meinem Bett schlafen, denn ich bin der Damen aus der Stadt müde, ihrer und ihrer Gefallsucht, ihrer Eifersüchteleien, ihrer Zänkischkeit, ihrer Launen, ihrer Kleinlichkeit, ihres Hochmutes, ihrer Dummheiten und der Sonette, die man für sie machen oder bestellen muß, aber im Grunde fangen auch diese beiden Mädchen an mich gründlich zu langweilen.«

Als Candid nach dem Frühstück in einem langen Gange auf und nieder wandelte, setzte ihn die Schönheit der dort aufgehängten Gemälde in

Erstaunen, und er fragte, von welchen Meistern die beiden ersten herrührten. »Von Raffael«, erwiderte der Senator; »ich habe sie vor einigen Jahren aus Eitelkeit ziemlich teuer gekauft; man behauptet, sie gehörten zum Schönsten, was es in Italien gibt, aber mir selber gefallen sie gar nicht, ihre Farbe ist sehr nachgedunkelt und die zu wenig plastisch behandelten Gesichter treten nicht genug hervor. Was gar die Faltengehänge anbetrifft, so haben sie doch wirklich nichts mit dem Niederfallen von Stoffen zu tun, mit einem Wort, mag man darüber sagen, was man will, ich finde in den Gemälden keine wahre Nachbildung der Natur, und ich könnte nur dann ein Gemälde wirklich lieben, wenn ich in ihm die Natur selber zu erblicken wähnte, aber solche Bilder gibt es nicht. Ich besitze ja viel Gemälde, aber ich sehe sie nicht an.«

In Erwartung des Mittagsmahles ließ Pococurante ein Konzert geben. Candid fand die Musik herrlich. »Der Lärm kann vielleicht eine halbe Stunde lang ergetzen,« sagte Pococurante, »dauert er aber länger, so ermüdet er jeden, obgleich niemand es einzugestehen wagt. Die Musik von heute besteht nur noch in der Kunst, schwierige Dinge zu vollführen, aber was nur schwierig ist, kann auf die Dauer nicht gefallen.«

»Die Oper würde mir vielleicht mehr zusagen, wenn man nicht das Geheimnis entdeckt hätte, daraus ein Ungeheuer zu machen, das mich anwidert. Mag wer will schlechte Tragödien mit Musik ansehen, in denen alle Auftritte nur den Zweck haben, Gelegenheit zu zwei oder drei lächerlichen und nicht hingehörigen Liedern zu geben, welche die Stimme der Sängerin zur Geltung bringen; mag wer will vor Freude außer sich geraten über den Anblick eines Kastraten, der die Rolle des Cäsar oder Cato heruntertrillert und linkisch auf den Brettern hin und her stolziert, ich meinerseits habe an diesen Armseligkeiten, welche heute den Ruhm Italiens ausmachen und den Fürsten so viel Geld kosten, schon lange alles Gefallen verloren.« Candid widersprach zurückhaltend, Martin jedoch war völlig einer Meinung mit dem Senator.

Darauf ging man zu Tisch, und nach einem vortrefflichen Mahle begab man sich in die Bücherei. Candid sah einen prachtvoll gebundenen Homer und lobte den Illustrissimus wegen seines guten Geschmackes. »Dieses Buch,« rief er, »war das Entzücken des großen Pangloß, Deutschlands bestem Philosophen.« »Meines ist es nicht,« sagte

Pococurante kühl,»ehemals brachte man mir den Glauben bei, das Lesen dieses Buches bereite mir Freude, aber die ununterbrochene Wiederholung ewig ähnlicher Kämpfe, diese Götter, die in einem fort handeln, ohne etwas Entscheidendes zu tun, diese Helena als Veranlassung des Krieges, welche in dem Stück kaum handelnd auftritt, und dies Troja, das belagert und niemals eingenommen wird, alles das verursachte mir die tödlichste Langeweile. Ich habe manchmal Gelehrte gefragt, ob das Buch sie ebenso langweile wie mich, und alle Aufrichtigen haben mir zugegeben, daß das Buch ihnen aus den Händen sänke, aber man müsse es stets in seiner Bücherei haben als ein Denkmal des Altertums, gleich jenen verrosteten Münzen, welche im Handel nicht mehr zulässig sind.«

»Eure Exzellenz denkt über Virgil nicht ebenso?« fragte Candid.»Ich gebe zu,« erwiderte Pococurante,»das zweite, vierte und sechste Buch seiner Änëide sind vortrefflich, was jedoch seinen frommen Äneas und den starken Cloanthes und den Freund Achates und den kleinen Ascanius und den blödsinnigen König Latinus und die bürgerliche Amata und die alberne Lavina anbetrifft, so glaube ich, kann es nichts Kälteres und Unangenehmeres geben. Ich ziehe Tasso vor und Ariosts Geschichten, bei denen man im Stehen einschlafen kann.«

»Dürfte ich mir die Frage erlauben, Herr,« sagte Candid,»ob Ihnen das Lesen des Horaz nicht großes Vergnügen bereitet?«

»Er bringt Maximen,« sagte Pococurante,»die sich ein Weltmann wohl zunutze machen kann, und die sich in ihrer Zusammendrängung in kraftvolle Verse dem Gedächtnisse leichter einprägen, aber seine Reise nach Brundisium kümmert mich ebensowenig, wie seine Beschreibung eines schlechten Mahles und des Hausknechtsgezänkes zwischen irgend einem Rupilius, dessen Worte, wie er sagt, voll Eiter, und einem anderen, dessen Worte voll Essig waren. Nur mit größtem Widerwillen habe ich seine groben Verse gegen die alten Weiber und die Hexen zu lesen vermocht, und ich kann nicht einsehen, welches Verdienst in der Mitteilung an seinen Freund Mäcenas liegen soll, daß er nun, da er von ihm in die Reihe der lyrischen Dichter versetzt, mit seinem erhabenen Scheitel die Sterne berühre. Nur die Dummen bewundern an einem geschätzten Dichter alles, ich jedoch lese ausschließlich für mich und liebe nur, was mir gefällt.« Candid, der dazu erzogen worden war, niemals von sich selbst aus über ein Ding ein Urteil zu fällen, war über alles, was er da vernahm, äußerst verwundert, Martin dagegen fand die Denkweise des Senators sehr vernünftig.

»Oh, hier steht ein Cicero!« rief Candid. »Was diesen großen Mann angeht, so denke ich, werden Sie wohl niemals müde werden, ihn zu lesen.« »Ich lese ihn niemals,« entgegnete der Venezianer, »was geht es mich an, ob er Rabirius oder Cluentius verteidigt hat, ich habe selber genug Prozesse zu führen. Mit seinen philosophischen Werken hätte ich mich schon eher befreunden können, seit ich jedoch gesehen, daß er an allem zweifelt, habe ich mir gesagt, daß ich ja dann genau ebensoviel weiß wie er, und keines weiteren Beistandes bedarf, um so unwissend zu bleiben.«

»Ah, sieh da,« rief Martin, »achtzig Bände Sammlungen einer Akademie der Wissenschaften, darin könnte schon etwas Gutes stecken.« »Ja, es könnte,« versetzte Pococurante, »wenn ein einziger Verfasser dieses Plunders die Kunst erfunden hätte, meinetwegen auch nur Stecknadeln zu machen, aber in allen diesen vielen Bänden stehen nur eitle Systeme und nicht eine einzige wirklich nützliche Sache.«

»Mein Gott, wie viele Theaterstücke sehe ich da,« sagte Candid, »italienische, spanische, französische!« »Ja,« sagte der Senator, »es sind im ganzen dreitausend und doch nicht drei Dutzend gute darunter. Und was diese Sammlungen von Predigten hier anbelangt, welche alle zusammen nicht eine einzige Seite Senecas aufwiegen, und alle diese dicken Bände theologischer Schriften dort, so können Sie sich denken, daß ich sie niemals öffne, ich nicht, und auch sonst niemand!«

Martin entdeckte Fächer, die nur englische Bücher enthielten. »Ich glaube,« sagte er, »ein Republikaner muß an den meisten dieser so freisinnig abgefaßten Werke Gefallen finden.« »Ja,« erwiderte Pococurante, »es ist etwas Schönes darum, zu schreiben, was man denkt, es ist ein Vorrecht des Menschen. In unserem ganzen Italien schreibt man nur, was man nicht denkt, die Bewohner des Vaterlandes eines Cäsar und der Antonine wagen ohne Erlaubnis eines Jacobiners keinen einzigen Gedanken zu haben. Die Freiheit, welche die englischen Geister beseelt, würde mir wohl gefallen, wenn Leidenschaft und Parteigeist nicht alles wieder verdürbe, was diese kostbare Freiheit Schätzenswertes an sich hat.«

Candid bemerkte einen Milton und fragte, ob der Senator wenigstens diesen Dichter für einen großen Mann gelten lasse? »Wen,« fragte Pococurante, »diesen Barbaren, der zu dem ersten Kapitel der Genesis

einen zehn Bände langen Kommentar in harten Versen geschrieben hat? diesen dickfingerigen Nachahmer der Griechen, der die Schöpfung entstellt und, während nach Moses' Darstellung das ewige Wesen die Welt durch das Wort erschafft, den Messias aus einer Schublade des Himmels einen großen Kompaß hervorkramen läßt, um den Grundriß zu seinem Werke zu entwerfen? Wie, ich sollte den schätzen, der Tassos Hölle und Teufel verhunzt hat, und den Luzifer bald in eine Kröte, bald in einen Zwerg verwandelt, ihn hundertmal dieselben Reden herunterleiern und über Theologie streiten läßt, den sollte ich schätzen, der die komische Erfindung der Feuerwaffen des Aristoteles im Ernste nachahmt und die Teufel im Himmel mit Kanonen schießen läßt? Weder mir noch sonst jemandem in Italien haben alle diese trüben Überschwenglichkeiten gefallen können! Die Vermählung der Sünde mit dem Tode, und die Nattern, mit denen die Sünde niederkommt, bringen jeden Menschen mit nur ein wenig zartem Geschmack zum Erbrechen, und seine lange Beschreibung eines Krankenhauses mag für Totengräber gut sein. Dieses dunkle, absonderliche und widerwärtige Gedicht wurde schon bei seinem Erscheinen verachtet, ich behandle es heute nur, wie es in seinem Vaterlande bereits von seinen Zeitgenossen behandelt wurde. Übrigens spreche ich aus, was ich denke, und kümmere mich wenig darum, ob andere ebenso denken wie ich.«
Candid war über all diese Ausführungen herzlich betrübt, er verehrte Homer und liebte auch Milton ein wenig. »Ach,« sagte er leise zu Martin, »ich fürchte gar sehr, dieser Mann hegt für unsere deutschen Dichter die unbändigste Verachtung.« »Das wäre doch kein so gar großes Übel!« versetzte Martin. »Oh, welch ein überlegener Mann,« murmelte Candid noch einmal zwischen den Zähnen, »welch ein großer Genius ist nicht dieser Pococurante, nichts vermag ihm zu gefallen!«
Nachdem sie auf diese Weise alle seine Bücher durchgegangen waren, stiegen sie in den Garten hinab, und Candid pries alle seine Schönheiten. »Nein, das ist alles schlechtester Geschmack,« erwiderte der Besitzer, »wir kennen hier leider nur törichte Schnörkeleien, morgen jedoch will ich den Garten nach einem edleren Plane umpflanzen lassen.«
Als die beiden Neugierigen sich von seiner Exzellenz verabschiedet hatten, sagte Candid zu Martin: »Sie werden zugeben müssen, daß dieser Mann der glücklichste von allen Menschen ist, denn er steht über allem, was er besitzt.« »Sehen Sie denn nicht,« entgegnete Martin, »daß ihn im Gegenteil alles anwidert, was er besitzt? Plato hat es schon vor langer

Zeit ausgesprochen, daß nicht diejenigen Mägen für die besten zu achten seien, welche jedwede Speise zurückweisen.«»Aber, bereitet es denn keine Freude,« versetzte Candid, »alles zu kritisieren und überall Mängel zu finden, wo alle anderen Menschen nur Schönheit zu sehen glauben?«»Das würde heißen,« erwiderte Martin, »daß es Freude mache, keine Freude zu haben.«»Nun wohl,« rief Candid, »so werde also nur ich glücklich sein, sobald ich Fräulein Kunigunde wiedergesehen habe.«»Hoffen ist immer wohlgetan«, antwortete Martin. Jedoch die Tage und Wochen verstrichen, und Cacambo kam nicht wieder. Candid war so völlig in seinen Schmerz versunken, daß es ihm nicht einmal auffiel, daß weder Paquette noch der Bruder Giroflée auch nur um sich zu bedanken erschienen waren.

Sechsundzwanzigstes Kapitel

Von einem Abendessen, das Candid und Martin mit sechs Fremden einnahmen, und wer diese waren.

Als sich nun Candid eines Abends in Gesellschaft Martins mit Fremden zu Tisch setzen wollte, welche im gleichen Gasthause wohnten, trat ein Mann mit rußgeschwärztem Gesicht von hinten an ihn heran, faßte ihn beim Arm und sagte: »Halten Sie sich bereit, mit uns abzureisen, verfehlen Sie uns ja nicht!« Candid drehte sich um und erblickte Cacambo. Nur der Anblick Kunigundens hätte ihn mehr erstaunen und tiefer erfreuen können. Fast wäre er vor Freude toll geworden; er umarmte seinen geliebten Freund: »Kunigunde ist hier, nicht wahr? Wo ist sie, führe mich zu ihr, auf daß ich mit ihr vor Freuden sterben kann.« »Kunigunde ist keineswegs hier,« erwiderte Cacambo, »sie ist in Konstantinopel.« »Oh Himmel, in Konstantinopel! Aber wäre sie auch in China, ich flöge zu ihr! Auf!« »Wir reisen erst nach dem Essen,« versetzte Cacambo, »mehr kann ich Ihnen nicht sagen, ich bin Sklave, mein Herr erwartet mich, ich muß ihn bei Tisch bedienen, sagen Sie kein Wort, essen Sie und halten Sie sich bereit.«
Zwischen Schmerz und Freude geteilt, entzückt seinen treuen Sendling wiedergesehen zu haben, erstaunt ihn als Sklaven wiederzufinden, erfüllt von dem Gedanken, seine Geliebte wiederzusehen, klopfenden

Herzens und kreisenden Geistes, so setzte sich Candid mit Martin, den bei allen diesen Abenteuern seine Gelassenheit nicht verließ, und mit sechs Fremden zu Tisch, die nach Venedig gekommen waren, um dort den Karneval zu verbringen.

Cacambo, der einem dieser Fremden Wein einschenkte, neigte sich gegen Ende des Mahles an das Ohr seines Herrn und sprach zu ihm: »Sire, Eure Majestät kann abreisen, wann es ihr beliebt, das Schiff ist bereit!« Nach diesen Worten ging er hinaus, die verwunderten Gäste aber sahen sich an, ohne auch nur ein einziges Wort hervorzubringen. Da näherte sich auch schon ein anderer Diener seinem Herrn und sprach: »Sire, der Wagen Eurer Majestät steht in Padua, und die Barke ist bereit.« Der Herr winkte, und der Diener verschwand. Wiederum sahen sich alle Gäste an, und ihr Erstaunen wuchs, denn nun näherte sich ein dritter Diener einem dritten Fremden und sprach zu ihm: »Sire, folgen Sie meinem Rat, Eure Majestät darf nicht länger hier verweilen, ich will alles vorbereiten«, und damit verschwand er. Candid und Martin zweifelten nun nicht mehr, daß es sich um einen Karnevalsscherz handelte. Da sprach ein vierter Diener zu einem vierten Herren: »Eure Majestät kann abreisen, wann es ihr beliebt« und ging gleich den anderen hinaus. Dasselbe sprach der fünfte Diener zu dem fünften Herren: der sechste jedoch sagte zu dem sechsten, welcher neben Candid saß, etwas recht Verschiedenes, nämlich: »Meiner Treu, Sire, man will Eurer Majestät nicht länger borgen und mir auch nicht, wir könnten alle beide in dieser Nacht recht wohl eingelocht werden, ich muß zusehen, wie ich davonkomme. Behüt Euch Gott!«

Nachdem alle Diener hinausgegangen waren, saßen die sechs Fremden und Candid und Martin in tiefem Schweigen um den Tisch. Endlich brach es Candid und sagte: »Welch ein absonderlicher Scherz, meine Herren! Warum sind Sie alle Könige? Was mich angeht, so gestehe ich Ihnen gern, daß weder ich noch Martin es sind.«

Der Herr Cacambos ergriff nun mit ernster Würde das Wort und sagte auf italienisch: »Ich meinerseits bin durchaus nicht zum Scherzen aufgelegt, sondern heiße Achmed III. und war mehrere Jahre lang Großsultan; ich hatte meinen Bruder entthront, dann entthronte mein Neffe mich, meinen Vezieren wurde der Hals abgeschnitten, und ich selber verbringe den Rest meines Lebens nun im alten Serail. Bisweilen erlaubt mir jedoch mein Neffe, der Großsultan Mahamut, meiner

Gesundheit wegen zu reisen, und so bin ich nach Venedig gekommen, um hier den Karneval zu verbringen.«

Nach ihm sprach ein junger Mann, der neben Achmed saß und sagte: »Ich heiße Iwan und bin Kaiser aller Reußen gewesen, doch schon in der Wiege ward ich entthront, und mein Vater und meine Mutter eingekerkert. Ich bin im Gefängnis aufgewachsen, aber bisweilen erlaubt man mir, mit meinen Wächtern zu reisen, und da bin ich diesmal nach Venedig gekommen, um hier den Karneval zu verbringen.«

Der dritte sagte: »Ich bin Karl Eduard, König von England, mein Vater hatte mir seine Rechte auf das Reich abgetreten, und ich habe um sie gekämpft: achthundert meiner Parteigänger wurde das Herz ausgerissen und ihnen damit um die Ohren geschlagen, ich selber ward ins Gefängnis geworfen. Ich bin auf dem Wege nach Rom, um dem Könige, meinem Vater, der ebenso wie ich und mein Großvater entthront ist, einen Besuch abzustatten. Nach Venedig bin ich gekommen, um hier den Karneval zu verbringen.«

Darauf nahm der vierte das Wort und sprach: »Ich bin König der Polacken, [Fußnote] das Kriegsgeschick hat mich meiner Erbstaaten beraubt, meinem Vater widerfuhr dasselbe Mißgeschick, ich beuge mich der Vorsehung, wie der Sultan Achmed, der Kaiser Iwan und der König Karl Eduard, denen Gott ein langes Leben schenken möge. Nach Venedig bin ich gekommen, um hier den Karneval zu verbringen.«

»Auch ich bin ein König der Polacken,« [Fußnote] sagte der fünfte, »ich habe mein Reich schon zum zweiten Male verloren, die Vorsehung hat mir jedoch einen anderen Staat gegeben, in dem ich mehr Gutes getan, als alle Sarmatenkönige zusammen je an den Ufern der Weichsel zu tun vermochten. Auch ich beuge mich der Vorsehung und bin nach Venedig gekommen, um hier den Karneval zu verbringen.«

Nun fehlte nur noch der sechste Monarch: »Meine Herren,« sagte er, »ich bin zwar kein so großer Herr wie Sie, aber schließlich bin ich auch ebensogut König gewesen. Ich heiße Theodor, [Fußnote] man hatte mich zum König von Corsica erwählt und mich ›Eure Majestät‹ angeredet, gegenwärtig nennt man mich allerdings kaum noch ›Herr‹; ich habe Geld prägen lassen und besitze nicht einen Heller, ich hatte zwei Staatssekretäre, und jetzt habe ich kaum einen Diener, einst saß ich auf einem Thron, danach aber habe ich im Gefängnis zu London lange auf Stroh gelegen und fürchte gar sehr, es möchte mir hier ein Gleiches widerfahren, obgleich ich ebenso wie Eure Majestäten nach Venedig gekommen bin, um hier den Karneval zu verbringen.

Voll edlen Mitgefühls hörten die fünf anderen Könige diese Rede an, und ein jeder schenkte dem König Theodor zwanzig Zechinen, auf daß er sich Kleider und Hemden kaufen könne. Candid machte ihm einen Diamanten im Werte von zweitausend Zechinen zum Geschenk. »Wer ist nur dieser einfache Privatmann,« sprachen die fünf Könige, »der hundertmal so viel zu schenken vermag als ein jeder von uns, und es auch tut?«

In dem Augenblick, da man sich von Tische erhob, langten im selben Gasthause vier Erlauchte Hoheiten an, die ebenfalls im Kriegsgeschick ihrer Staaten verlustig gegangen waren und nun nach Venedig kamen, um dort die letzten Tage des Karnevals zu verbringen.

Candid schenkte diesen neuen Ankömmlingen jedoch keinerlei Beachtung, sein Sinn stand nur noch danach, zu seiner geliebten Kunigunde nach Konstantinopel zu gelangen.

Siebenundzwanzigstes Kapitel

Reise Candids nach Konstantinopel.

Der treue Cacambo hatte bei dem türkischen Schiffspatron, der den Sultan Achmed nach Konstantinopel zurückbringen sollte, bereits erreicht, daß er auch Candid und Martin mit an Bord nehmen würde. So begaben sie sich also alle beide hin, nachdem sie sich vor Seiner bejammernswerten Hoheit noch einmal tief zu Boden geneigt hatten. Unterwegs sagte Candid zu Martin: »Da hätten wir denn nun mit sechs entthronten Königen zu Abend gespeist, und unter diesen sechs Königen gab es sogar einen, dem ich ein Almosen schenken konnte. Vielleicht gibt es noch viele andere weit unglücklichere Fürsten! Ich dagegen habe nur hundert Hammel verloren und fliege jetzt in Kunigundens Arme! Mein lieber Martin, noch einmal sage ich es, Pangloß hatte recht: alles ist gut!« »Ich wünsche es Ihnen«, sagte Martin. »Aber ist es nicht doch ein gar unwahrscheinliches Abenteuer, das wir da in Venedig gehabt haben,« rief Candid, »denn wann hätte man je sechs entthronte Könige zusammen in einem Wirtshause zu Nacht essen sehen?« »Das ist doch nicht außerordentlicher,« entgegnete Martin, »als die meisten Dinge, die uns begegnet sind! Daß Könige entthront werden, ist etwas überaus Alltägliches, und gar die Ehre, mit ihnen zusammen gespeist zu haben, ist eine Nichtigkeit, die weiter keinerlei Beachtung von unserer Seite verdient.«

Kaum hatte Candid das Schiff betreten, so fiel er auch schon seinem alten Diener, seinem Freunde Cacambo, um den Hals. »Nun,« sprach er zu ihm, »was macht Kunigunde, ist sie noch immer ein Wunder an Schönheit, liebt sie mich noch immer, und wie geht es ihr? Zweifelsohne hast du ihr in Konstantinopel einen Palast gekauft?«

»Mein teurer Herr,« erwiderte Cacambo, »Kunigunde wäscht am Ufer der Propontis Geschirr bei einem Fürsten, der allerdings nur sehr wenig Geschirr besitzt. Sie ist Sklavin im Hause eines alten Herrschers namens Ragotzky, dem der Groß-Türke täglich drei Taler auf seinem Ruhesitz auszahlt; weit trauriger jedoch ist es, daß Kunigunde ihre Schönheit eingebüßt hat und entsetzlich häßlich geworden ist.« »Bah, schön oder häßlich,« rief Candid, »ich bin ein Ehrenmann, und es ist meine Pflicht, sie immerdar zu lieben. Wie aber kann sie mit den fünf oder sechs Millionen, die du mit dir genommen, in eine so schmähliche Lage geraten sein?« »Ausgezeichnet!« rief Cacambo, »habe ich zwei Millionen nicht vielleicht dem Señor Don Fernando d'Ibaraa y Figueora, y Mascarenes y Lampurdos y Suza, Governador von Buenos Aires, für die Erlaubnis geben müssen, Fräulein Kunigunde mitzunehmen, und hat uns nicht vielleicht ein Seeräuber den Rest geraubt, und hat uns dieser Seeräuber nicht vielleicht nach dem Kap Matapan, nach Milos, nach Nicari, nach Samos, nach Petra, nach den Dardanellen, nach Marmara und nach Scutari mitgeschleppt? Kunigunde und die Alte dienen bei dem Fürsten, von dem ich Ihnen gesprochen habe, und ich bin Sklave bei dem entthronten Sultan.« »Welch schreckliche, eng verkettete Unglücksfälle!« rief Candid, »aber schließlich habe ich ja noch ein paar Diamanten, es wird mir ein leichtes sein, Kunigunden zu befreien! Schade nur, daß sie so häßlich geworden ist.«

Darauf wandte er sich zu Martin. »Wer, glauben Sie, ist wohl am beklagenswertesten von uns, der Kaiser Achmed, der Kaiser Iwan, der König Karl Eduard oder ich?« »Ich weiß es nicht,« erwiderte Martin, »denn dazu müßte ich in ihren Herzen stecken.« »Ach,« rief Candid, »wäre Pangloß hier, so würde er es wissen und es uns sagen.« »Ich weiß nicht, mit welchen Wagen Ihr Pangloß das Unglück der Menschen zu wägen und ihre Leiden zu bestimmen vermöchte! Ich meinerseits jedenfalls mutmaße nur, daß es Millionen Menschen auf Erden gibt, die hundertmal mehr zu beklagen sind, als der König Karl Eduard, der Kaiser Iwan und der Sultan Achmed.«»Das könnte wohl sein«, versetzte Candid.

In wenigen Tagen erreichten sie den Kanal des Schwarzen Meeres. Zunächst kaufte nun Candid für einen unmäßig hohen Preis Cacambo zurück, und dann stürzte er sich, ohne Zeit zu verlieren, mit seinen Gefährten in eine Galeere, um am Gestade der Propontis nach Kunigunden zu suchen, wie häßlich sie auch immer geworden sein mochte.

Unter den Galeerensklaven befanden sich zwei Sträflinge, die gar schlecht ruderten und denen der Galeerenführer daher von Zeit zu Zeit mit seinem Ochsenziemer über die nackten Schultern hieb. Einer natürlichen Regung folgend, betrachtete Candid sie aufmerksamer als die übrigen Sträflinge und trat mitleidsvoll näher an sie heran. Einige ihrer entstellten Gesichtszüge dünkten ihm eine entfernte Ähnlichkeit mit Pangloß und mit jenem unglücklichen Jesuiten, jenem Baron, dem Bruder Fräulein Kunigundens, zu haben. Dieser Gedanke bewegte und betrübte ihn, und er betrachtete sie noch aufmerksamer.»Wahrhaftig,« sagte er zu Cacambo,»hätte ich Magister Pangloß nicht hängen gesehen, und nicht selber das Unglück gehabt, den Baron zu töten, so würde ich schwören, sie seien dort vor mir auf die Ruderbank geschmiedet.«

Bei den Worten Baron und Pangloß stießen die beiden Ruderknechte einen lauten Schrei aus, erstarrten auf ihren Sitzen und ließen ihre Ruder fallen. Der Galeerenführer stürzte sich mit verdoppelten Ochsenziemerhieben über sie.»Haltet ein, haltet ein!« schrie Candid.»Ihr sollt so viel Geld haben, wie Ihr wollt!«»Candid ist's,« rief der eine der Ruderknechte,»es ist Candid«, rief der andere.»Träume ich,« sagte Candid,»wache ich, bin ich hier auf einer Galeere, ist das dort der Herr Baron, den ich getötet, und jenes Magister Pangloß, den ich hängen gesehen habe?«

»Wir sind's, wir sind's«, antworteten jene.»Was, das ist der große Philosoph?« fragte Martin.»Wohlan, Herr Galeerenführer, wieviel Lösegeld wollt Ihr für den Herrn von Tundertentronck, einen der ersten Reichsbarone, und den Herrn Pangloß, Deutschlands tiefsten Metaphysiker, haben?«»Christenhund,« erwiderte der Galeerenführer, »da diese beiden christlichen Sklavenhunde Barone und Metaphysiker sind, was in ihrem Vaterlande zweifellos eine hohe Würde ist, so sollst du mir fünfzigtausend Zechinen geben.«»Ihr sollt sie haben, Herr, fahrt mich nur wie ein Blitz nach Konstantinopel, und Ihr sollt auf der Stelle bezahlt werden. Aber nein, nein, bringt mich zuerst zu Fräulein Kunigunde.« Der Galeerenführer hatte auf das erste Angebot Candids hin das Schiff bereits umgelegt und ließ nun schneller rudern, als ein Vogel die Lüfte durchschießt.

Candid umarmte wohl an die hundert Male den Baron und Pangloß. »Aber mein teurer Baron, habe ich Sie denn nicht getötet, und Sie, mein lieber Pangloß, wie kann es sein, daß Sie lebendig sind, nachdem Sie doch gehängt wurden, und warum sind Sie alle beide Galeerensträflinge in der Türkei?«

»Ist es wirklich wahr, daß meine liebe Schwester hier im Lande weilt?« fragte der Baron.»Ja«, erwiderte Cacambo.»Sehe ich meinen geliebten Candid wirklich vor mir?« fragte Pangloß. Candid stellte ihnen Martin und Cacambo vor; sie umarmten einander und sprachen alle auf einmal. Die Galeere flog unterdessen dahin, ja, sie waren schon im Hafen. Man rief einen Juden herbei, dem Candid einen Diamanten im Werte von hunderttausend Zechinen für fünfzig verkaufte und der bei Abraham schwor, er könne unmöglich mehr geben. Sofort entrichtete Candid das Lösegeld für den Baron und Pangloß; dieser warf sich seinem Befreier zu Füßen und überströmte sie mit seinen Tränen, der andere dankte ihm mit einem Kopfnicken und versprach, ihm das Geld bei der ersten Gelegenheit wiederzugeben.»Ist es denn aber wirklich möglich, daß meine Schwester sich in der Türkei aufhält«, fragte er noch einmal. »Nichts ist möglicher,« erwiderte Cacambo,»denn sie reinigt ja bei einem Fürsten von Siebenbürgen das Tischgeschirr.« Nun ward wiederum nach zwei Juden geschickt. Candid verkaufte aufs neue Diamanten, und dann brachen sie alle in einer Galeere zur Befreiung Kunigundens auf.

Achtundzwanzigstes Kapitel

Was Candid, Kunigunde, Cacambo, Pangloß und Martin widerfährt usw.

»Verzeihung noch einmal, mein ehrwürdiger Pater,« sprach Candid zum Baron, »daß ich Ihnen einen so gründlichen Degenstich mitten in den Leib gerannt.« »Sprechen wir nicht mehr davon,« versetzte der Baron, »vielleicht war ich auch ein wenig zu heftig, ich gestehe es. Da Sie jedoch zu wissen wünschen, durch welchen Zufall ich auf die Galeere gekommen bin, so will ich Ihnen erzählen, wie es geschah. Nachdem meine Wunden durch den Bruder Apotheker des Kollegiums geheilt worden, ward ich von einer spanischen Abteilung angegriffen und gefangen genommen. Man warf mich in Buenos Aires ins Gefängnis, und zwar gerade um die Zeit, da meine Schwester abreiste. Ich bat, zum Pater-General zurückkehren zu dürfen, und dort wurde ich zum Almosenpfleger bei dem französischen Gesandten in Konstantinopel ernannt.

Kaum acht Tage nach meinem Amtsantritt begegnete ich eines Abends einem jungen, schön gewachsenen Itschoglan; [Fußnote]; es war sehr heiß, der junge Mann schickte sich an, zu baden, und so benutzte denn auch ich die Gelegenheit, es gleichfalls zu tun. Ich wußte nicht, daß es ein schweres Verbrechen für einen Christen war, nackt mit einem jungen Muselmann zusammen angetroffen zu werden. Ein Kadi ließ mir hundert Stockschläge verabfolgen und verurteilte mich zu den Galeeren; ich glaube nicht, daß jemals eine schrecklichere Ungerechtigkeit begangen worden ist. – Doch ich wünschte wohl zu wissen, warum meine Schwester in der Küche eines zu den Türken geflüchteten siebenbürgischen Fürsten dient?«

»Doch Sie, mein teurer Pangloß,« sprach Candid, »wie kommt es, daß ich auch Sie wiedersehe?« »Sie haben mich allerdings hängen sehen, und eigentlich hätte ich ja verbrannt werden sollen; aber Sie entsinnen sich, daß es gerade in Strömen regnete, als man mich braten wollte; der Sturm wütete so stark, daß man daran verzweifelte, jemals ein Feuer entfachen zu können, und so blieb denn nichts anderes übrig, als mich zu hängen. Ein Wundarzt kaufte dann meinen Leichnam, nahm ihn mit sich nach Hause und fing mich dort zu sezieren an. Zunächst machte er mir einen Kreuzschnitt vom Nabel bis zu den Schlüsselbeinen. Man kann nicht gut schlechter gehängt werden, als ich gehängt worden war. Der Vollstrecker der hohen Werke der heiligen Inquisition, ein Subdiakon, verstand sich zwar wunderbar aufs Verbrennen, im Henken hatte er jedoch keinerlei Übung. Der Strick war naß gewesen und die Schlinge daher so schlecht geglitten, daß sie sich verknotete, kurz, ich atmete noch. Bei dem Kreuzschnitt stieß ich nun einen so lauten Schrei aus, daß der Arzt auf den Rücken fiel, und im Wahne, er habe den Teufel seziert, lief er in Todesangst davon und fiel auf seiner Flucht auch noch die Treppe hinunter. Bei dem Lärm eilte seine Frau aus dem Nebenzimmer herbei und sah mich mit meinem Kreuzschnitt lang auf den Tisch hingestreckt: sie ward von noch größerer Angst gepackt als ihr Gatte, lief ebenfalls davon, stolperte über ihn und fiel wie er. Als beide wieder ein wenig zu sich gekommen waren, hörte ich, wie die Frau Doktorin zu dem Herrn Doktor sagte:»Wie konntest du es dir auch einfallen lassen, einen Ketzer zu sezieren, mein Lieber? Weißt du denn nicht, daß diese Leute immer den Teufel im Leibe haben? Schnell will ich einen Priester herbeirufen, damit er ihn austreibt.« Bei diesen Worten erbebte ich; ich nahm alle Kraft zusammen, die mir noch geblieben war, und schrie:»Habt Mitleid mit mir!« – Endlich faßte sich der portugiesische Barbier ein Herz, nähte meine Haut wieder zusammen, und seine Frau pflegte mich sogar. Nach Verlauf von vierzehn Tagen stand ich wieder fest auf meinen Füßen. Der Barbier verschaffte mir eine Stellung als Bedienter bei einem Malteserritter, der nach Venedig reiste; da mein Herr mich jedoch nicht bezahlen konnte, trat ich in den Dienst eines venezianischen Kaufmannes und begleitete ihn nach Konstantinopel.

Eines Tages kam mich nun die Laune an, eine Moschee zu betreten. Drinnen fand ich nur einen alten Iman und eine junge, sehr hübsche, andächtige Dame, die ihr Paternoster heruntersagte. Ihr Busen war ganz entblößt, und zwischen ihren beiden Brüsten trug sie einen schönen Strauß aus Tulpen, Rosen, Anemonen, Ranunkeln, Hyazinthen und Aurikeln. Diesen Strauß ließ sie fallen, ich hob ihn auf und steckte ihn mit ehrerbietigem Eifer an seinen Ort zurück. Hierzu brauchte ich jedoch so lange Zeit, daß der Iman sich ärgerte, und da er mich für einen Christen erkannte, rief er um Hilfe. Ich ward zum Kadi geschleppt, bekam hundert Stockhiebe auf die Fußsohlen, wurde zu den Galeeren verurteilt und mit dem Herrn Baron auf derselben Bank festgeschmiedet. Auf der Galeere befanden sich vier junge Leute aus Marseille, fünf neapolitanische Priester und zwei Mönche aus Korfu, und diese sagten uns, dergleichen Dinge kämen alle Tage vor. Der Herr Baron behauptete, ihm sei eine größere Ungerechtigkeit widerfahren als mir, ich dagegen hielt aufrecht, es sei viel eher erlaubt, einen Strauß an den Busen einer Frau zu stecken als völlig nackt mit einem Itschoglan zusammen zu sein. Darüber stritten wir unaufhörlich hin und her und bekamen täglich unzählige Ochsenziemerhiebe, bis die Verkettung der Ereignisse in dieser Welt Sie auf unsere Galeere brachte und Sie uns loskauften.«

»Wohlan, mein lieber Pangloß,« sagte nun Candid, »als Sie gehängt, seziert und gepeitscht wurden und auf der Galeere rudern mußten, haben Sie da noch immer gedacht, daß alles auf dieser Welt zum besten eingerichtet sei?« »Ich hege noch immer meine ursprüngliche Ansicht,« erwiderte Pangloß, »denn ich bin doch schließlich eben Philosoph, und es steht mir nicht an, zu widerrufen, zumal Leibniz nicht unrecht haben kann, und es gar nichts Schöneres auf der Welt gibt als die vorherbestimmte Harmonie, den vollen Raum und die dünne Materie.«

Neunundzwanzigstes Kapitel
Wie Candid Kunigunden und die Alte wiederfand.

Während Candid, der Baron, Pangloß, Martin und Cacambo ihre Abenteuer erzählten und über die zufälligen oder nicht zufälligen Ereignisse auf diesem Erdenball nachdachten und sich herumstritten über Wirkungen und Ursachen, geistige und physische Übel, Freiheit und Notwendigkeit und über den Trost, den man auf einer türkischen Galeere finden könnte, legten sie dem Hause des Fürsten von Siebenbürgen gegenüber am Ufer der Propontis an. Das erste, was sie erblickten, war Kunigunde und die Alte, welche Mundtücher zum Trocknen auf eine Leine hängten.

Der Baron erbleichte bei diesem Anblick. Als aber der zärtliche Liebhaber Candid seine schöne Kunigunde dunkelverbrannt, mit geröteten Augen, dürrem Busen, gerunzelten Wangen und roten, aufgesprungenen Armen wiedersah, wich er vor Entsetzen drei Schritte zurück. Als ein wohlerzogener Mann jedoch schritt er dann sofort wieder auf sie zu. Sie umarmte Candid und ihren Bruder, und auch die Alte bekam Küsse, und Candid kaufte sie alle beide los.

In der Nachbarschaft lag ein kleiner Meierhof; die Alte schlug Candid vor, ihn in Erwartung eines besseren Schicksals zunächst für sie alle zu pachten. Kunigunde wußte nicht, daß sie häßlich geworden war, niemand hatte sie davon unterrichtet, und so rief sie denn Candid in so entschiedenem Tone sein Heiratsversprechen ins Gedächtnis zurück, daß der Gute sich nicht zu weigern wagte; er setzte also den Baron davon in Kenntnis, daß er sich mit seiner Schwester zu verehelichen gedenke.

»Niemals werde ich eine solche Niedrigkeit von Seiten meiner Schwester und eine solche Unverschämtheit Ihrerseits dulden,« rief der Baron, »diese Schändlichkeit soll man mir niemals vorwerfen können; die Kinder meiner Schwester könnten dann nie in ein deutsches Ordensstift eintreten, nein, meine Schwester wird niemals jemanden anderes denn einen Reichsbaron heiraten.« Kunigunde warf sich ihrem Bruder zu Füßen und benetzte sie mit Tränen, doch er blieb unerschütterlich. »Du Erznarr,« sagte Candid zu ihm, »ich habe dich von den Galeeren befreit, ich habe Lösegeld für dich bezahlt, ich habe für deine Schwester Lösegeld bezahlt, sie wusch hier Geschirr, sie ist häßlich, trotz alledem will ich gutmütig genug sein, sie zu meiner Frau zu machen, und du willst dagegen noch Widerspruch erheben? Wollte ich meinem Ingrimme folgen, so könnte ich dich gleich noch einmal totstechen!« »Du kannst mich noch einmal totstechen,« sagte der Baron, »aber bei meinen Lebzeiten wirst du meine Schwester niemals heiraten.«

Dreißigstes Kapitel

Schluß.

Im Grunde seines Herzens verspürte Candid gar keine Lust, Kunigunden zu heiraten, aber die unerhörte Anmaßung des Barons bestimmte ihn, auf der Eheschließung zu bestehen; außerdem drängte Kunigunde ihn auch so lebhaft, daß er nicht gut mehr zurückkonnte. Er fragte also Pangloß, Martin und den treuen Cacambo um Rat. Pangloß setzte eine schöne Denkschrift auf, in der er nachwies, daß der Baron keinerlei Rechte über seine Schwester besäße und sie sich nach allen

Reichsgesetzen Candid zur linken Hand antrauen lassen könnte. Martin riet, den Baron ins Meer zu werfen, Cacambo dagegen schlug vor, man solle ihn zunächst dem Galeerenführer wiederbringen und ihn an die Ruderbank schmieden lassen; später könnte er dann mit dem nächsten Schiffe dem Pater-General in Rom wieder zugestellt werden. Diese Meinung wurde beifällig aufgenommen, und auch die Alte billigte sie; nur der Schwester sagte man nichts davon. Mit etwas Geld wurde die Sache zuwege gebracht, und man hatte die Genugtuung, einen Jesuiten zu überlisten und den Hochmut eines deutschen Junkers zu bestrafen.

Es wäre ganz natürlich, anzunehmen, Candid würde nach so vielen Mißgeschicken in der Vereinigung mit seiner Geliebten und dem Zusammensein mit dem Philosophen Pangloß, dem Philosophen Martin, dem klugen Cacambo und der Alten, und außerdem im Besitze so vieler Diamanten, die er aus dem Vaterlande der alten Inkas mitgebracht, nun das angenehmste Leben von der Welt führen, aber die Juden betrogen ihn so weidlich, daß ihm bald nichts mehr geblieben war als sein kleiner Meierhof. Seine Frau ward von Tag zu Tag häßlicher und dazu zänkisch und unerträglich, die Alte war gebrechlich und noch üblerer Laune als Kunigunde.

Cacambo, der im Garten arbeitete und das Gemüse zum Verkauf nach Konstantinopel trug, war mit Arbeit überbürdet und verfluchte sein Geschick. Pangloß war verzweifelt, nicht an irgendeiner deutschen Universität zu glänzen, und nur Martin faßte sich in seiner festen Überzeugung, daß man überall gleich schlecht aufgehoben sei, in Geduld. Candid, Martin und Pangloß stritten bisweilen über Metaphysik und Moral. Gar oft sah man unter den Fenstern der Meierei Schiffe mit Effendis, Paschas und Kadis vorbeifahren, die nach Lemnos, Mitylene und Erzerum in die Verbannung geschickt wurden. Andere Kadis, Paschas und Effendis fuhren vorbei, um die Stellungen der Verjagten einzunehmen und dann ihrerseits wieder abgesetzt zu werden. Man sah auch sauber verpackte Köpfe, die der hohen Pforte überreicht werden sollten. Solche Schauspiele frischten die Auseinandersetzungen jedesmal auf; stritt man sich jedoch nicht, so war die Langeweile so über die Maßen groß, daß die Alte ihnen eines Tages zu sagen wagte:»Gern wüßte ich, was wohl schlimmer ist, hundertmal von schwarzen Seeräubern vergewaltigt zu werden, eine Hinterbacke einzubüßen, bei den Bulgaren Spießruten zu laufen, bei einem Autodafé ausgepeitscht und gehängt und dann seziert zu werden, auf eine Galeere geschmiedet zu sein, kurz, all das Mißgeschick zu erleiden, das wir alle durchgemacht haben, oder hier zu sitzen und nichts zu tun?«»Das ist eine große Frage«, erwiderte Candid.

Dieser Ausspruch gab zu neuen Betrachtungen Anlaß, und vor allem Martin behauptete, der Mensch sei geboren, um in den Krämpfen der Ruhelosigkeit oder in der Betäubung der Langenweile zu leben; Candid gab das nicht zu, stellte jedoch weiter keine feste Behauptung auf; Pangloß seinerseits räumte ein, daß er zwar stets aufs schrecklichste gelitten habe, da er nun aber einmal behauptet, alles sei wunderbar gut, so wolle er stets bei dieser seiner Behauptung bleiben, wenn er auch selber nicht mehr daran glaube.

Da ereignete sich etwas, das Martin in seinen schändlichen Grundsätzen noch bestärkte, Candid mehr als je schwankend machte und Pangloß arg in Verlegenheit setzte; eines Tages erschienen nämlich Paquette und der Bruder Giroflée im elendesten Zustande in der Meierei. Sie hatten ihre dreitausend Piaster gar schnell aufgegessen, hatten sich getrennt und wieder versöhnt und wieder entzweit, waren ins Gefängnis geworfen worden und dann daraus entflohen, und schließlich war Bruder Giroflée Türke geworden. Paquette beharrte allerorten bei ihrem alten Gewerbe, verdiente dabei aber nichts mehr.»Ich hatte es nur allzugut vorausgesehen,« sagte Martin zu Candid,»daß Ihre Geschenke gar bald vertan sein und die beiden dadurch nur noch elender geworden sein würden; Sie und Cacambo haben Millionen von Piastern verschlungen und sind dadurch doch nicht glücklicher als Bruder Giroflée und Paquette.«»Oh, oh, Paquette,« rief Pangloß,»hat dich der Himmel wieder zu uns zurückgeführt? Weißt du auch wohl, mein armes Kind, daß du mich meine Nasenspitze, ein Auge und ein Ohr gekostet hast? Und wie siehst du selber nun aus! Weh, was ist diese Welt!« – Dieses neue Abenteuer trieb sie mehr denn je zu philosophieren.

In der Nachbarschaft wohnte ein sehr berühmter Derwisch, der für den besten Philosophen der Türkei galt; ihn wollten sie befragen. Pangloß führte das Wort und sprach zu ihm:»Meister, wir nahen uns dir mit der Bitte, du mögest uns sagen, weshalb ein so sonderbares Tier wie der Mensch erschaffen worden ist?«

»Was geht das dich an?« fragte ihn der Derwisch,»ist das etwa deine Sache?«»Aber, mein hochwürdiger Vater,« sagte Candid,»es herrscht entsetzlich viel Böses auf Erden.«»Gutes oder Böses, was liegt daran?« erwiderte der Derwisch.»Wenn Seine Hoheit ein Schiff nach Ägypten entsendet, kümmert sie sich dann darum, ob sich die im Schiffe befindlichen Mäuse wohl fühlen oder nicht?«»Was soll man also tun?« fragte Pangloß. »Schweigen sollst du«, versetzte der Derwisch. »Ich hatte gehofft,« erwiderte Pangloß, »mit Euch ein wenig über Ursache und Wirkung, über die beste aller möglichen Welten, über den Ursprung des Bösen, über die Natur der Seele und über die vorherbestimmte Harmonie reden zu können.« Als der Derwisch diese Worte vernahm, warf er ihnen die Tür vor der Nase zu.

Während dieses Gespräches hatte sich die Nachricht verbreitet, man habe in Konstantinopel soeben zwei Veziere des Diwans und den Mufti erdrosselt und mehrere ihrer Freunde gepfählt. Einige Stunden lang erregte dieses Ereignis allenthalben das größte Aufsehen, und als Pangloß, Candid und Martin sich nun auf dem Rückwege nach ihrer kleinen Meierei befanden, begegneten sie einem wackeren Greise, der vor seiner Tür unter einer Pomeranzenlaube frische Luft schöpfte. Pangloß, der ebenso redselig wie neugierig war, fragte ihn, wie denn der Mufti, den man soeben erdrosselt, geheißen habe?

»Ich weiß es nicht,« erwiderte der gute Alte, »denn ich habe noch niemals den Namen irgend eines Muftis oder Veziers gewußt. Mir ist auch der Vorfall, von dem Ihr redet, völlig unbekannt. Ich vermute jedoch, daß im allgemeinen alle, die sich mit öffentlichen Angelegenheiten befassen, bisweilen elendiglich umkommen, und ich meine auch, daß sie es verdienen, aber ich frage nie nach dem, was in Konstantinopel geschehen ist. Mir genügt es, die Erträgnisse meines Gartens, den ich selber bebaue, dorthin zum Verkauf zu senden.« Nachdem er dies gesprochen, lud er die Fremden in sein Haus. Seine beiden Töchter und seine beiden Söhne boten ihnen verschiedene Sorbetmischungen an, die sie selber zubereitet, und außerdem Kaïmak mit verzuckerter Zedratrinde, Orangen, Zitronen, Limonen, Ananas, Pistazien und Kaffee aus Mokka, der nicht mit dem schlechten Kaffee aus Batavia und den Inseln gemischt war, und hierauf parfümierten die beiden Töchter des wackeren Muselmannes Candid, Pangloß und Martin die Bärte.

»Ihr müsset ein gar großes und herrliches Landgut besitzen«, sagte Candid zu dem Türken. »Ich besitze nur zwanzig Morgen,« entgegnete dieser, »und bebaue sie mit meinen Kindern; die Arbeit hält drei große Übel von uns ab: Langeweile, Laster und Not.«

Auf dem Heimwege nach seiner Meierei versank Candid in ein tiefes Sinnen über die Worte des Türken, dann sagte er zu Pangloß und Martin: »Mich dünkt, dieser gute Greis hat sich ein Schicksal geschaffen, das dem der sechs Könige, mit denen wir zu Nacht zu speisen die Ehre hatten, weit vorzuziehen ist.« »Nach dem Berichte aller Philosophen ist Größe ein gar gefährlich Ding,« versetzte Pangloß, »denn schließlich wurde Eglon, der König der Moabiter, durch Ehut getötet, Absalom wurde an den Haaren aufgehängt und von drei Wurfspeeren durchbohrt, der König Nadab, Jerobeams Sohn, ward von Bansa getötet, der König Ella von Simri, Ahasja von Jehu, Athalja von Jojada und die Könige Joakim, Jojachin und Zedekia gerieten in Sklaverei. Sie wissen, wie Krösus umkam, ferner Astyages, Darius, Dionys von Syrakus, Pyrrhus, Perseus, Hannibal, Jugurtha, Ariovist, Cäsar, Pompejus, Nero, Otho, Vitellius, Domitian, Richard II. von England, Eduard II., Heinrich VI., Richard III., Maria Stuart, Karl I., die drei französischen Heinriche und Kaiser Heinrich IV. Sie wissen ferner ...« »Ich weiß auch,« fiel Candid ihm ins Wort, »daß wir unseren Garten bestellen sollen.« »Sie haben recht,« erwiderte Pangloß, »denn als der Mensch in den Garten Eden gesetzt wurde, geschah es ut operaretur eum, damit er arbeite, was deutlich beweiset, daß der Mensch nicht zur Ruhe geschaffen ist.« »Arbeiten wir, ohne zu grübeln,« sagte Martin, »es ist das einzige Mittel, das Leben erträglich zu machen.«

In dieser lobenswerten Absicht vereinigte sich die ganze kleine Gesellschaft, ein jeder begann seine Gaben zu nutzen, und das kleine Gütchen brachte viel ein. Kunigunde war zwar recht häßlich, aber sie wurde eine ausgezeichnete Zuckerbäckerin. Paquette stickte, und die Alte nahm die Wäsche unter ihre Obhut. Selbst der Bruder Giroflée erwies sich als nützlich, er war ein vortrefflicher Tischler und wurde sogar ein braver Mensch, und Pangloß sagte bisweilen zu Candid: »In dieser besten aller möglichen Welten sind alle Ereignisse miteinander verkettet, denn wären Sie nicht wegen ihrer Liebe zu Fräulein Kunigunde mit wuchtigen Fußtritten in den Hintern aus einem schönen Schlosse verjagt worden und nicht in die Hände der Inquisitoren geraten, hätten Sie nicht Amerika zu Fuß durchwandert und dem Baron einen tüchtigen Degenstich versetzt, ja, hätten Sie nicht alle Ihre Hammel aus dem guten Lande Eldorado eingebüßt, so würden Sie hier nicht eingemachte Zedratrinde und Pistazien essen.« »Vollkommen richtig,« erwiderte Candid, »aber wir müssen unseren Garten bestellen.«

Bd. 1 *Abenteuer und Fahrten des Huckleberry Finn*, Mark Twain – Bd. 2 *Andersens Märchen*, Hans Christian Andersen - Bd. 3 *Anton Reiser*, Karl Philipp Moritz - Bd. 4 *Aus dem Leben eines Taugenichts*, Joseph Freiherr v. Eichendorff - Bd. 5 *Bahnwärter Thiel*, Gerhard Hauptmann - Bd. 6 *Bambi Eine Lebensgeschichte aus dem Walde*, Felix Salten - Bd. 7 *Bauern, Bonzen und Bomben*, Hans Fallada - Bd. 8 *Bel Ami*, Guy de Maupassant - Bd. 9 *Bergkristall*, Adalbert Stifter - Bd. 10 *Candide oder der Optimismus*, Voltaire - Bd. 11 *Caspar Hauser oder Die Trägheit des Herzens*, Jakob Wassermann - Bd. 12 *Dantons Tod*, Georg Büchner - Bd. 13 *Das Bildnis des Dorian Grey*, Oscar Wilde - Bd. 14 *Das Dschungelbuch*, Rudyard Kipling - Bd. 15 *Das Fräulein von Scuderi*, ETA Hoffmann - Bd. 16 *Das Gemeindekind*, Marie v. Ebner-Eschenbach - Bd. 17 *Das Märchen-briefbuch der heiligen Nächte*, Max Dauphtendey - Bd. 18 *Das Marmorbild*, Joseph Freiherr v. Eichendorff - Bd. 19 *Das Schloss*, Franz Kafka - Bd. 20 *Das Urteil*, Franz Kafka - Bd. 21 (1-3) *David Copperfield I, II, III* Charles Dickens - Bd. 22 *Der abenteuerliche Simplizissimus*, Grimmelshausen - Bd. 23 *Der arme Spielmann*, Franz Grillparzer - Bd. 24 *Der eingebildete Kranke*, Moliere - Bd. 25 *Der ewige Spießer*, Ödön v. Horváth - Bd. 26 *Der Fürst*, Nocolò Machiavelli - Bd. 27 *Der Glöckner von Notre Dame*, Victor Hugo - Bd. 28 *Der goldene Topf*, ETA Hoffmann - Bd. 29 *Der Graf von Monte Christo*, Alexandre Dumas, d.J. - Bd. 30 *Der grüne Heinrich*, Gottfried Keller - Bd. 31 *Der kleine Häwelmann und andere Märchen*, Theodor Storm - Bd. 32 *Der kleine Lord*, Frances Hodgson Burnett - Bd. 33 *Der kleine Prinz*, Antoine de Saint-Exupéry - Bd. 34 *Der letzte Mohikaner*, James Fenimore Cooper - Bd. 35 *Der Prozeß*, Franz Kafka - Bd. 36 *Der Sandmann*, ETA Hoffmann - Bd. 37 *Der Schimmelreiter*, Theodor Storm - Bd. 38 *Der Schuss von der Kanzel*, Conrad Ferdinand Meyer - Bd. 39 *Der Seewolf*, Jack London - Bd. 40 *Der seltsame Fall des Dr. Jekyll und Mr. Hyde*, Robert Louis Stevenson - Bd. 41 *Der Stechlin*, Theodor Fontane - Bd. 42 *Der Sturmheidhof (Sturmhöhe)*, Emily Brontë - Bd. 43 *Der Tor und der Tod*, Hugo v. Hofmannsthal - Bd. 44 *Der Weg ins Freie*, Arthur Schnitzler - Bd. 45 *Der zerbrochene Krug*, Heinrich v. Kleist - Bd. 46 *Deutschland. Ein Wintermärchen*, Heinrich Heine - Bd. 47 *Deutsches Märchenbuch*, Ludwig Bechstein - Bd. 48 *Die Abenteuer der sieben Schwaben*, Ludwig Aurbacher - Bd. 49 *Die Burg von Otranto*, Horace Walpole - Bd. 50 *Die drei Musketiere*, Alexandre Dumas - Bd. 51 *Die Elixiere des Teufels*, ETA Hoffmann - Bd. 52 *Die Geschichte meines Lebens*, Georg Ebers - Bd. 53 *Die Insel Felsenburg*, Johann Gottfried Schnabel - Bd. 54 *Die Judenbuche*, Annette v. Droste-Hülshoff - Bd. 55 *Die Kameliendame*, Alexandre Dumas d.J.- Bd. 56 *Die Kartause von Parma*, Stendhal - Bd. 57 *Die Kreutzersonate*, Lew Tolstoi - Bd. 58 *Die Leiden des jungen Werther*, Johann Wolfgang v. Goethe - Bd. 59 (I-II) *Die Leute von Seldvyla I, II*, Gottfried Keller - Bd. 59-1 *Der Schmied seines Glücks*, Gottfried Keller - Bd. 59-2 *Frau Regel Amrain*, Gottfried Keller - Bd. 59-3 *Kleider machen Leute*, Gottfried Keller - Bd. 59-4 *Pankraz der Schmoller*, Gottfried Keller - Bd. 59-5 *Romeo und Julia auf dem Dorfe*, Gottfried Keller - Bd. 60 *Die Marquise*, George Sand - Bd. 61 *Die Marquise von O.*, Heinrich v. Kleist - Bd. 62 *Die Memoiren der Fanny Hill*, John Cleland - Bd. 63 *Die Ratten*, Gerhard Hauptmann - Bd. 64 *Die Räuber*, Friedrich v. Schiller - Bd. 65 *Die Regentrude*, Theodor Storm - Bd. 66 *Die Reisen des Baron zu Münchhausen* - Bd. 67 *Die Schatzinsel*, Robert Louis Stevenson – Bd. 68 *Die Verlobten*, Allessandro Manzoni - Bd. 69 *Die Verwandlung*, Franz Kafka - Bd. 70 *Die Verwirrungen des Zöglings Törleß*, Robert Musil - Bd. 71 *Die Waffen nieder*, Berta von Suttner - Bd. 72 *Die Wahlverwandtschaften*, Johann Wolfgang v. Goethe - Bd. 73 *Don Carlos*, Friedrich v. Schiller – Bd. 74 *Eduards Traum*, Wilhelm Busch - Bd. 75 *Effi Briest*, Theodor Fontane - Bd. 76 *Egmont*, Johann Wolfgang v. Goethe - Bd. 77 *Ein Held unserer Zeit*, Michail Lermontoff - Bd. 78 *Einsichten und Ausblicke*, Gerhard Hauptmann - Bd. 79 *Emilia Galotti*, Gottold Ephraim Lessing - Bd. 80 *Erinnerungen aus galanter Zeit*, Giacomo Casanova - Bd. 81 *Erzählungen*, Wilhelm Busch - Bd. 82 *Es waren zwei Königskinder*, Theodor Storm - Bd. 83 *Essays*, Michel de Montaigne - Bd. 84 *Franz Sternbalds Wanderungen*, Ludwig Tieck - Bd. 85 *Fräulein Else*, Arthur Schnitzler - Bd. 86 *Frühlings*

Erwachen, Frank Wedekind - Bd. 87 *Gefährliche Liebschaften*, Pierre-Ambroise-François Choderlos de Laclos - Bd. 88 *Gegen den Strich*, Joris-Karl Huysmany - Bd. 89 *Geschichte des Fräuleins von Sternheim*, Sophie von La Roche - Bd. 90 *Geschichte v. braven Kasperl u. dem Annerl*, Clemens Brentano - Bd. 91 *Geschichten aus dem Wienerwald*, Ödön v. Horváth - Bd. 92 *Glanz und Elend der Kurtisanen*, Honore de Balzac - Bd. 93 *Glück und Unglück der berühmten Moll Flanders*, Daniel Defoe - Bd. 94 *Götz von Berlichingen*, Johann Wolfgang v. Goethe - Bd. 95 *Gullivers Reisen*, Jonathan Swift – Bd. 96 *Heidis Lehr und Wanderjahre*, Johann Spyri - Bd. 97 *Heinrich von Ofterdingen*, Novalis - Bd. 98 *Hiob. Roman eines einfachen Mannes*, Joseph Roth - Bd. 99 *Immensee*, Theodor Storm - Bd. 100 *Iphigenie auf Tauris*, Johann Wolfgang v. Goethe - Bd. 101 *Italienische Märchen*, Clemens Brentano - Bd. 102 *Ivannhoe*, Walter Scott - Bd. 103 *Jane Eyre*, Charlotte Brontë - Bd. 104 *Jugend ohne Gott*, Ödön v. Horvath - Bd. 105 *Jürg Jenatsch*, Conrad Ferdinand Meyer - Bd. 106 *Kabale und Liebe*, Friedrich v. Schiller - Bd. 107 *Kasimir und Karoline*, Ödön v. Horvath - Bd. 108 *Kinder- und Hausmärchen*, Gebrüder Grimm - Bd. 109 *Kleiner Mann, was nun*, Hans Fallada - Bd. 110 *König Alkohol*, Jack London - Bd. 111 *Krambambuli*, Marie Ebner-Eschenbach - Bd. 112 *Lausbubengeschichten*, Ludwig Thoma - Bd. 113 *Lavinia - Pauline - Kora*, George Sand - Bd. 114 *Leben und Ansichten des Tristram Shandy, Gentleman*, Laurence Stern - Bd. 115 *Leben und Lüge*, Detlev von Liliencron - Bd. 116 *Lebensansichten des Katers Murr*, ETA Hoffmann - Bd. 117 *Lenz. Der hessische Landbote*, Georg Büchner - Bd. 118 *Lieutenant Gustl*, Arthur Schnitzler - Bd. 119 *Lord Jim*, Joseph Conrad - Bd. 120 *Luise*, Johann Heinrich Voß - Bd. 121 *Madame Bovary*, Gustave Flaubert - Bd. 122 *Märchen*, Wilhelm Hauff - Bd. 123 *Maria Stuart*, Friedrich v. Schiller - Bd. 124 *Max Havelaar*, Multatuli - Bd. 125 *Meister Floh*, ETA Hoffmann - Bd. 126 *Michael Kohlhaas*, Heinrich v. Kleist - Bd. 127 *Minna von Barnhelm*, Gotthold Ephraim Lessing - Bd. 128 *Moby Dick*, Hermann Melville - Bd. 129 *Nathan, der Weise*, Gotthold Ephraim Lessing - Bd. 130 (1-2) *Nils Holgersson wunderbare Reise I, II* Selma Lagerlöf - Bd. 131 *Niels Lyne*, Jens Peter Jacobsen - Bd. 132 *Nußknacker und Mausekönig*, ETA Hoffmann Bd. 133 *Oliver Twist*, Charles Dickens - Bd. 134 *Onkel Toms Hütte*, Herriett Beecher Stowe - Bd. 135 *Peter Schlemihls wundersame Geschichte*, Adalbert von Chamisso - Bd. 136 *Peterchens Mondfahrt*, Gerdt v. Bassewitz - Bd. 137 *Pinocchio*, Carlo Collodi - Bd. 138 *Reinecke Fuchs*, Johann Wolfgang v. Goethe - Bd. 139 *Rheinmärchen*, Clemens Brentano - Bd. 140 *Rinaldo Rinaldini I, II*; Christian August Vulpius - Bd. 141 *Robinson Crusoe*; Daniel Defoe - Bd. 142 *Romeo und Julia*, William Shakespeare - Bd. 143 *Schach von Wuthenow*, Theodor Fontane - Bd. 144 *Schachnovelle*, Stefan Zweig - Bd. 145 *Schatzkästlein des rheinischen Hausfreundes*, Johann Peter Hebel - Bd. 146 *Schelmuffskys Reisebeschreibung*, Christian Reuter - Bd. 147 *Schloss Gripsholm*, Kurt Tucholsky - Bd. 148 *Siebenkäs*, Jean Paul - Bd. 149 *Sternstunden der Menschheit*, Stefan Zweig - Bd. 150 *Till Eulenspiegel*, Hermann Bote - Bd. 151 *Tolldreiste Geschichten*, Honorè de Balzac - Bd. 152 (1-3) *Tom Jones Geschichte eines Findelkindes I, II, III* Henry Fielding - Bd. 153 *Tom Sawyers Abenteuer und Streiche*, Mark Twain - Bd. 154 *Troquato Tasso*, Johann Wolfgang v. Goethe - Bd. 155 *Traumnovelle*, Arthur Schnitzler Bd. 156 *Trost der Philosophie*, Boethius - Bd. 157 *Über den Umgang mit Menschen*, Adolph Freiherr von Knigge - Bd. 158-1 *Wie Uli der Knecht glücklich wird*, Jeremias Gotthelf - Bd. 158-2 *Uli der Pächter*, Jeremias Gotthelf - Bd. 159 *Ungeduld des Herzens*, Stefan Zweig - Band 160 *Ut oler Welt*, Wilhelm Busch - Bd. 161 *Vater Goriot*, Honorè de Balzac - Bd. 162 *Väter und Söhne*, Ivan Sergeeviç Turgenev - Bd. 163 *Verlorene Illusionen*, Honorè de Balzac - Bd. 164 *Von der Freiheit eines Christenmenschen*, Martin Luther - Bd. 165 *Von der Ursache, dem Prinzip und dem Einen*, Bruno Giordano - Bd. 166 *Vor Sonnenuntergang*, Gerhard Hauptmann - Bd. 167 *Walden oder Leben in den Wäldern*, Henry D. Thoreau - Bd. 168 (1-2) *Wallenstein I, II*, Friedrich v. Schiller - Bd. 169 (1-2) *Wilhelm Meisters Lehr- und Wanderjahre*, Johann Wolfgang v. Goethe - Bd. 170 *Wilhelm Tell*, Friedrich v. Schiller